馭鮫記

壹

九鷺非香 著

网易云阅读
Kadokawa Fantastic Novels DX

目錄

楔子

冬日的天黑得額外早，窗外夕陽將落，橙黃的光照在特製的窗紙上，窗紙如同散著金光一般發亮，然而屋裡沒有半點光芒，若不是豆大的燭火在跳動，這屋中幾乎沒有光亮。

緞面被子裡的人動了動，哼哼了聲，轉醒過來。

她瞇著眼，往窗戶那方看了一眼道：「啊，天黑了，該起了。」她打了個呵欠，坐起了身。

於鏡前將頭梳罷，她望了眼光芒將退的窗戶，眉梢微微一動，蒼白的手指伸出，「吱呀」一聲推開了緊閉的窗戶。她身子站在牆壁一邊，伸出的手接觸到了日薄西山時的陽光。

登時，她本就枯瘦的手像是被陽光剝了肉一樣，瞬間只剩下了可怖的白骨。

而沒有照到陽光的身體依舊如常。

紀雲禾轉了轉手，看著自己暴露在陽光之下的枯骨，握了握拳頭。

「嚇死人了。」她語氣毫無波動地說著，話音剛落，便見樓下院外，提著食盒的丫頭緩步而來。

紀雲禾收回了手，卻沒有將窗戶關上。

今日有陽光，卻依舊寒風凜冽，風呼呼地往屋裡灌。她未覺寒冷，只躲在牆後眺望著遠山遠水，呼了口寒涼的白氣道：「今夜約莫有小雪，該暖一壺酒來喝了。」

「啪」的一聲，房門被粗魯地推開。外面的夕陽也在此時完全沉入了地平線。屋裡很快便更黑了。

新來的丫鬟江微妍提著食盒沒好氣地走了進來。

「還想喝酒？就妳那病懨懨的身子，也不怕給喝死了。」江微妍眉眼上挑，顯得有幾分刁鑽蠻橫。「窗戶可給關緊了，死了倒罷，要病了，回頭還得累我來照顧妳。」她一邊說著，一邊將食盒裡的菜放到桌上，聲音又沉又重。

紀雲禾倚在窗邊，撐著腦袋打量她，聽了江微妍排擠的話，倒也沒動怒，唇角還有幾分若有似無的笑意。

「這麼大雪的天，人家都在屋裡歇著，就我還非得過來給妳送飯。」江微妍一邊嘀咕一邊將飯擺好了，一轉頭，見紀雲禾還將窗戶開著，登時眉毛便豎了起來。「我說話妳都聽不見嗎？」

「聽見了。」紀雲禾彎著眉眼看她，不像是在面對一個脾氣暴躁絮絮叨叨的丫頭，而像是在賞一番難得的好景。「妳繼續。」

見紀雲禾這般模樣，江微妍登時怒火中燒，擱下手中的碗，兩大步邁到窗邊，伸手便要將窗戶關上，可在即將闔上窗戶的時候，一隻手卻從她臂彎下面穿了過來，堪堪將窗戶撐住。竟是病懨懨的紀雲禾伸手抵住了窗戶，不讓她關上。

江微妍轉頭，怒視紀雲禾，紀雲禾依舊一副半笑不笑的模樣。

「我就想吹吹風，透透氣，憋了一天……」

她話沒說完，江微妍一巴掌將她的手拍開。

「誰管妳。」

紀雲禾看了看自己被打紅了的手背，眼睛微微瞇了起來。

江微妍關上了窗戶，轉身便要往屋內走。

「飯自己吃，好了就……」也不等江微妍將話說話，紀雲禾便抓住了她的手腕。江微妍一愣，轉頭盯著紀雲禾，可話還沒來得及說出口，她便只覺自己身子一輕，不知被怎麼的一推，腦袋「咚」地撞上剛闔上的窗戶，將那窗戶一下子頂開了。

外面的寒風登時打在她的臉上。江微妍半個身子都露在了窗戶外面，全賴著紀雲禾拎著她衣襟的手給了她一個著力點，才讓她不至於從這三層閣樓上摔下去。

江微妍臉色青了一半，登時聲色有些發抖。

「妳……妳做什麼！妳放……不！妳別放……」

紀雲禾一隻手拎著她，一隻手抹了抹額頭上微微滲出的薄汗，又咳了兩聲，嘆道：「唉，到底是不如從前了，做這麼點動作就累得心慌手抖的。」

江微妍聞言，嚇得立即將紀雲禾的手腕抓住，說道：「別別別，可別抖。」

紀雲禾笑道：「誰管妳。」她作勢要撒手，江微妍嚇得驚聲尖叫，然而在她尖叫之後，卻覺得有一股力道將她拉了起來。

她緊閉的雙眼睜開，見竟是紀雲禾將她拉了回去。她穩穩地站在屋內，看了一眼身後，窗外寒風烈烈，太陽已經沒落，沒有半分溫度。

她險些就從這樓上摔下去了……

江微妍回頭，又看了一眼在她面前笑得礙眼的紀雲禾。

「被欺負的感覺怎麼樣？」紀雲禾如是問。

死裡逃生之後，被捉弄的憤怒霎時蓋過了恐懼。

江微妍自小習過武術功法，她心頭不服，只道方才紀雲禾只是趁她不注意偷襲了她。江微妍道自己乃是這府內管事女官的親姪女，即使姑姑對她千叮嚀萬囑咐，讓她不要在雲苑惹事，可這雲苑裡就住著這一位病懨懨的「主子」——明面上說著是主子，其實不過是被軟禁在此處罷了。雲苑建在湖心島上，四周交通阻絕，沒有上面的指示，外人不能靠近這湖心島一步，外人進不來，雲苑裡的人也不可隨意離開。

上面更是特意交代過，不能讓這位「主子」踏出房門一步。

每次江微妍來送完飯，離開之時都要在外面加一把鎖，簡直就是在看管犯人。

聽說這女子與府裡那位大人有淵源，可在她來的這麼多天裡，府裡那位大人別說來雲苑了，連湖心島也未曾上過一次。她想，這不過是個被冷落著快病死的過氣女子罷了。名號都未曾有一個，有什麼好惹不得！

江微妍自小在家中被捧著長大，若不是家道中落，她豈會託姑姑入這府內給人為僕，而今還被捉弄至此。

越想越怒，江微妍劈手便給了紀雲禾一巴掌。

「妳算什麼東西！」她痛聲罵著。

可這一巴掌尚未落在紀雲禾臉上，臨到半道兒，她的手便被人擒住了。

不是女人的力道。江微妍一轉頭，只見來者一身青裳黑袍，藍色眼眸裡彷彿結了寒冰。

這……這是……

江微妍認出來人，登時嚇得渾身發抖，可不等她行一個禮，那擒住她手腕的手便落在了她的脖子上。江微妍最後只來得及聽見他冰冷的言語混雜著怒氣，好似冰刃，能削肉剔骨。

「妳是什麼東西？」

下一瞬間，她便被隨手一扔，如同被丟棄的垃圾一樣，被徑直從三層閣樓打開的窗戶扔了出去。

「咚」的一聲，江微妍掉進院子裡結了冰的池塘，砸破上面的冰，沉進水裡，隔了好一會兒才重新浮起來，又是喊救命，又是喊主子饒命。

院外站著的侍從奴婢皆是一驚，驚懼非常地望了一眼三樓，沒人敢動。

「哎，拉她一把呀。」三樓的紀雲禾探了個腦袋出來，喚了樓下幾人一聲。「再不拉就得鬧出人命了。」

可幾個侍從都不敢動，連頭都不敢抬，只因紀雲禾旁邊的那黑袍男子一身寒霜氣勢太過讓人驚懼。

紀雲禾見狀，微微一撇嘴。

「得得，我把窗戶關上，你們趁機把她拉起來，這傢伙就看不見了。」

「……」

敢當著那位大人的面說這話的人，大概也就只有這屋裡的女子了吧。

「喀噠」一聲，三樓的窗戶還真的關上了。

隔絕了外面的寒風，紀雲禾轉頭，目光落在了面前男子臉上。她退了一步，斜斜坐在旁邊的椅子上，道：「長意，你現在脾氣變得太不好。」

「過來吃飯。」

他倆說的話好似風馬牛不相及，長意走到了桌邊，將還沒有完全擺好的碗筷給紀雲禾擺好了。紀雲禾也沒動，只是一直沉默盯著長意，隔了許久才道：「你放我走吧，我之前被關夠了。」

長意將筷子放在碗上。輕輕一聲脆響，卻在寂靜的屋裡顯得驚心。

紀雲禾嘆了一聲氣。

「你留著我幹什麼呢？我這命也沒幾天可以活了，你讓我出去看看雪，看看月，看看即將開遍山野的春花，運氣好，說不定還能挨到看夏雨的時間……我不過就想享受幾天自由的日子……」

「紀雲禾。」長意轉了身，冰藍色的眼眸裡彷彿什麼情緒也沒有，可也好似藏了千言萬語。「妳若有本事，便再殺我一次，然後走吧。」

四目相對，沉默難言。

最終，到底是紀雲禾笑了出來。

「你這話要是放在六年前，我今晚就可以走了。」

聽她如此平淡地說出這句話，長意手心微微一緊，旋即又鬆開了。他踏步行至紀雲禾身前，捏住了她的下巴，直視她的眼睛，試圖從她眼裡找出些許波動，可卻什麼都沒有。

和以前一眼，一片黑沉沉的漩渦，將所有祕密都掩蓋其中。

長意道：「可惜，現在已經不再是六年前。」

「是啊。」紀雲禾垂下眼瞼。「已經不是六年前了。」紀雲禾笑了笑。「你已經成了那麼厲害的大妖怪，而我卻從一個馭妖師變成廢人。長意……」紀雲禾聲音中的打趣調侃，讓長意唇角緊抿。

「現在，我們和六年前，正好倒了個個兒呢。」

囚與被囚。

正好交換過來了呢。

第一章　鮫人

六年前，馭妖谷外。

紀雲禾從神態倨傲的太監手中接過「貨」的時候，是在人間最美的三月天裡。

馭妖谷外遍野山花爛漫，花香怡人，而面前的太監夾著嗓子滔滔不絕的叮嚀卻讓紀雲禾覺得心煩。

「這是咱們主子花大工夫弄來的鮫人，給妳三個月時間，妳可得把這妖怪給訓練好嘍。別回頭讓咱家再來接的時候，還這麼又是大箱子又是滿篇符咒地貼著，運著走麻煩，看著也心煩。」

負責與這傲慢太監打交道的是紀雲禾的助手瞿曉星，瞿曉星還是少年，可一張嘴跟抹了油一般麻利。他笑嘻嘻地應對著太監：「公公，您放心吧，咱們馭妖谷這幾十年來馴服了多少妖怪了。休管這鐵皮箱子裡是個什麼怪物，只要來了這兒，保證跟您走的時候是服服貼貼的，絕對不敢造次。」

「嗯，別大意了，仔細著點，這鮫人可不普通。」

「咱們知道，這可是順德公主交代下來的活兒，馭妖谷絕對傾盡全力馴服這妖怪，回頭回去，一定給張公公您長臉。」

瞿曉星最會應付這些人，他說話好聽，張公公也露出了些許滿意之色。

紀雲禾聽著他們的對話，信步走到了馬車旁邊。

只見這馬車背後的箱子有半個人高，通體漆黑，是玄鐵質地，上面貼滿了層層符咒。紀雲禾伸手將其中一張符咒撩了撩。但見符咒上的咒文，紀雲禾挑了挑眉，隨手揭下來一張。

便是這符咒揭下來的這一瞬，只聽「咚！」的一聲，玄鐵箱子當中發出沉悶的重響，還夾帶著鐵鍊撞擊的叮噹之聲。

紀雲禾目光一凜，這妖怪好生厲害。貼了這麼多符，她只揭了一張，這妖怪便察覺到了……

而與此同時，箱子中的重響驚了拉車的馬，馬一聲嘶鳴，撅蹄子要跑，馬夫立即拉住轠繩，好一陣折騰，才將驚馬穩住。

張公公轉過頭來道：「哎喲，可小心著點！這妖怪可厲害著呢！」他說著往後面退了幾步。「妳什麼人啊！這不懂的別瞎動！趕緊將符貼回去。回頭小心治妳罪！」

瞿曉星連忙賠笑：「那是咱們……」

「朱砂黃符，雷霆厲咒，閉五識，封妖力，是大國師的手筆。」紀雲禾打斷了瞿曉星的話，把玩地看了一眼手中符咒，隨即眸光一轉，鋒利地掃向站在一邊的太監。她手指一動，朱砂黃符立時如箭一般穿射而出，霎時定在了那張公公喉間。

只見那張公公雙目一凸，張口欲怒，可口中卻一點聲音也發不出來。張公公登時大驚，伸手便去拽脖子上的符咒，然而待得手指被彈回來之時，他的眼神裡便添了七分害怕，驚恐地將紀雲禾盯著，手指著紀雲禾，一點聲音都發不出來。

「嘰嘰喳喳吵了半天。」紀雲禾拍了拍手。「終於安靜了。」

她給身後站著的幾名壯實男子使了個眼色，男子上前，要去拉馬車，而護衛馬車的侍衛則都緊張地將手按到了刀柄上。

「馬車我們馭妖谷收下了，箱子裡的妖怪三個月之後來取，我們保證妖怪乖乖的，你們保證來回路上妖怪的安全。這是你們該做的事吧？現在妖怪到了馭妖谷，該我們接手，你們這陣勢，是不打算讓我們馴妖？」紀雲禾盯著侍衛們。「你們是聽順德公主的命令，還是要在這兒幫這太監出氣？」

紀雲禾話一出口，侍衛們面面相覷，倒是都退了下去。幾名男子這才將馬夫請下了車，駕車駛向馭妖谷中。

馬車被拉走，紀雲禾瞥了太監一眼。

「我不懂符，只會貼，不會揭，自個兒回去找大國師吧。」

言罷，她一拂衣袖，轉身入谷。

瞿曉星連忙在一旁賠笑，和太監解釋：「那是咱們馭妖師，脾氣有點大，可論馭妖術，是咱們馭妖谷裡頂厲害的高手，公公莫氣……唉，這符我也沒辦法，我法力低微，比不得她，您受罪，恐怕還真得回去找大國師幫……」

「瞿曉星。」

紀雲禾在前面一喚，瞿曉星連忙應了一聲，沒再與太監說話，只得充滿歉意地看了幾眼急得一臉豬肝色的張公公，轉身追上了紀雲禾。

趕到紀雲禾身邊，瞿曉星嘆了口氣，有些怪罪。

「左護法啊，和您說了多少次了，這些送妖怪來的雖然都是些達官貴人家的家僕，可他們也算是在這些貴人們耳邊說得上話的，您不能隨便得罪啊……這次更是順德公主身邊的太監，他回頭要給順德公主說兩句損您的話……」

「嗯嗯，我費力不討好。」紀雲禾隨口應道。

「所以您還是回去把人家的符咒給揭了吧，這要是讓人一路啞著回去，不知道得結多大仇呢。」

紀雲禾瞥了他一眼。

「瞿曉星，咱們要討好的是他們的主子，不是他們。而討好他們主子的辦法，就是把妖怪馴好，不用多做他事。」

紀雲禾說罷這話，瞿曉星也是一嘆。

「您說得有道理，唉……也怪如今這世道對咱們馭妖一族太不利了。聽說五十年前，大國師還沒有研製出那專對付咱們馭妖一族的毒藥的時候，咱們一族可威風了，呼風喚雨使喚妖怪的，哪能想到不過五十年，就淪落到如今這個地步，連個朝廷的閹人也能對咱們吆五喝六的……」

「行了，說得像你五十年前就出生了一樣。」

紀雲禾叱了他，話音剛落，兩人正走到了馭妖谷門，大門大開，谷中一片霧氣氤氳，紀雲禾岔開了話題：「今日送來這鮫人來歷怕是不小，咱們去地牢看看開箱。」

瞿曉星點頭稱是。

馭妖谷地牢之中，玄鐵牢籠之上刻著密密麻麻的咒文封印，封鎖著妖怪的力量。

玄鐵箱子被送到了最大的牢房之中，箱子頂部有一個玄鐵掛鉤，馭妖師們將玄鐵箱之上的掛鉤與天頂上的鎖鏈相接，四周鐵牢之上的咒文霎時一亮。

這鎖妖箱本是馭妖谷研製的東西，方便達官貴人們將捉來的尚不溫順的妖怪鎖住，運送到馭妖谷來。

箱子之上的掛鉤其實是從箱子裡面伸出來的，箱中妖怪身上套有玄鐵鎖鏈，這外露的掛鉤便是鎖鏈端頭，待得掛鉤與牢中鎖鏈相連，則鎖住妖怪的鐵鍊立即與牢中其他玄鐵連為一體，其他玄鐵上的封印之力，便會傳到箱內鐵鍊上，加強玄鐵鍊的封印之力。此一舉乃是為了避免開箱時，妖怪重見天日，激動掙扎之下傷了馭妖師。

掛鉤與鎖鏈連結好，馭妖師將鑰匙插進了鎖妖箱的鑰匙孔裡，剛聽「喀」的一聲，箱中便立即傳來一連串「咚咚咚」的敲打與震顫的聲音。

駁妖師鑰匙都還沒來得及取出，忽然之間，布滿符咒的鎖妖箱登時被從裡面擊成了碎片。伴隨著四濺的碎片，還有被碎片打出的塵埃，一條巨大的鮫人尾甩了出來。

紀雲禾站在地牢之外，一聲「小心」還沒來得及喊出口，只覺牢中一陣妖風大起，巨大的藍白交加的鮫人尾在地牢中呼嘯而過，牢中開箱的駁妖師一聲淒厲慘呼，登時血濺當場。

紀雲禾抱住身邊瞿曉星的頭，將他往地上一摁，險險躲過這一記鮫人尾搧出來的殺人妖氣。

她趴在地上抬頭一看，只見那牢中，鎖妖箱四分五裂，散落於地，鮫人雙手被縛，懸吊於鐵鍊之上。他通體赤裸，下半身是一條巨大的魚尾，只是與尋常鮫人不同，他的魚尾藍白相間，層層疊疊，彷似一朵巨型蓮花。而更讓人驚異的，是這鮫人的臉……

鮫人一族向來容貌姣好，只是紀雲禾從沒想過，居然會有一張臉長得如他一般，美得令人驚豔，甚至一時忘了呼吸……

這居然是個……

雄性鮫人。

＊

鮫人陰柔，多為雌性，雄性鮫人極其少見。而即便有，也因妖氣強大，難以馴服，鮮少被捉到馭妖谷來。

順德公主這次應該是花了大工夫呀。紀雲禾正如此想著，卻見那鮫人倏爾又抬起了長尾，再是橫掃千軍的一甩。這次所有人都暴露在他的攻擊之下，紀雲禾便是趴在地上也躲不過去，唯有手上結印，運氣為盾，往身前一擋。

紀雲禾只覺一陣「呼啦啦」的狂風從她的氣盾撞擊摩擦而過，摩擦產生巨大聲響，趴在地上掩住耳朵的瞿曉星連連驚呼。

風聲剛過，隔了幾步遠的比較弱的馭妖師抵擋不住妖力的衝擊，被擊飛嘔血的有之，當場喪命的亦有之。地牢裡登時狼藉一片。

紀雲禾側目一看，只覺心驚。

她並沒有見過雄性鮫人，可她也大概知道鮫人的妖力在什麼範圍。而今捉來的這一隻，他的力量已經遠遠大過她所認知的妖怪的力量了。

畢竟，從來沒見過哪隻妖怪隔著封印妖力的黑石玄鐵，還能如此以妖力傷人。

身邊哀號一片，紀雲禾望著牢中鮫人，微微瞇起眼睛，手一動握住了腰間劍柄。其實今日在場的馭妖師，除了瞿曉星，她一個也不想救，只是若縱容這鮫人放肆下去，自己和瞿曉星也不會好受。

可她這方剛一有動作，牢裡鮫人便立即目光一轉，盯住了紀雲禾。四目相接，紀雲禾只見那鮫人眼中一片奇異的冰藍色，猶如結冰的大海，冰寒刺骨，肅殺之氣令人膽顫。

僅僅只有眼神的觸碰，紀雲禾便是渾身一凜，只道今日不動點真功夫，恐怕是鎮不住此妖了。

鮫人魚尾微微抬起，正是又要發難之際。地牢右邊的另一個入口倏爾殺來一道金色長箭，長箭穿過黑石玄鐵的牢籠縫隙，只聽「咚」的一聲，徑直穿透鮫人魚尾，狠狠釘在牢籠之後的牆壁裡！

而在長箭末端還帶著一條玄鐵鐵鍊，在長箭穿過鮫人魚尾之時，玄鐵鐵鍊被法術控制著，如藤蔓一般迅速纏繞上他的尾巴，爬上他的尾巴。

將他的尾巴緊緊鎖死。

只聽鮫人一聲悶哼，額上冷汗滲出，彷彿痛極，然而他的眸光卻並未有半分示弱。他奮力掙扎著，魚尾被鐵鍊鎖住，隨著他的掙扎，傷口撕裂，鮮血如瀑布般落下。

與此同時，那箭射來的方向傳來一道男子低沉的喝斥聲：「都躺著做什麼！給我起來結陣！」

紀雲禾轉頭一望，手掌從劍柄上挪開。

「瞿曉星。」她喚趴在地上顫抖不已的助手一聲。「起來，這裡沒咱們的事，走了。」

瞿曉星這才顫巍巍地抬起了頭。

「沒……沒事了？」他趴著往旁邊一看，見了右方走到地牢來的那人，舒了口氣似的。

「喔，少谷主來了……」

紀雲禾聽到他這聲感慨，卻微微瞇了眼睛，側眸看著他。

「怎麼？我聽你這意思，你是覺得我今日護不住你？」

瞿曉星是何等聰明的少年，當即堆上了笑，對紀雲禾道：「左護法您哪兒的話，您本事那麼大，自是護得住我，我這不是覺得少谷主來了，有他頂著，您會省力一些啊。我永遠都是站在您這邊的，您放心。」

紀雲禾收回了目光，瞥了牢中的鮫人一眼，只見此時，牢中機關已經被打開，兩道鐵鉤從背後牆壁射出，穿透他的琵琶骨，伴隨著鐵鉤上時不時的雷擊，讓鮫人在痛苦中再無心運轉妖力。他痛苦的呻吟聲被外面開始吟誦經文結陣的馭妖師壓了下去。

地牢之中金光四起，所有玄鐵石一同散發著光芒，襯得整個地牢一片輝煌。

而那鮫人除了痛苦地顫抖，再也沒有反抗的力量了。

「走吧。」紀雲禾喚了瞿曉星一聲，邁步要從左邊的通道出去。

在路過通道轉角的時候，紀雲禾餘光一轉，正好瞅見了牢中一邊與別人商量著事，一邊目送她離開的少谷主林昊青。

紀雲禾腳步停也未停，全當沒看見他似的，出了地牢。

要說紀雲禾與林昊青的關係，那何止尷尬二字可以形容。

馭妖谷谷主林滄瀾年事已高，可關於繼承人之位，老谷主的態度卻一直曖昧不清。

林滄瀾的兒子林昊青，被眾人稱為少谷主。然而直到現在，林滄瀾也從未當眾說過要將這谷主之位留給林昊青。他反而對養女紀雲禾一直青睞有加，甚至特別闢出個左護法的位置給紀雲禾。

紀雲禾馭妖之術冠絕馭妖谷，若真要以實力來區分，紀雲禾無疑要高上林昊青一截。再加之老谷主常年不明的態度，在其他人眼中，紀雲禾便成了下一任谷主的繼承人之一。長久以來，馭妖谷內分為了兩派，注重實力的人推崇紀雲禾成為下一任谷主，而注重傳統的人，則誓保林昊青的地位。

兩派之間明爭暗鬥，紀雲禾與林昊青的關係也從小時候的兄妹之情變成了現在的水火不相容。

然而其他人都不知道，紀雲禾自己一點都不想當這個勞什子谷主。她平生最大的願望就是賺一筆錢，離開馭妖谷，到江南水鄉，過上富麗堂皇混吃等死的生活。

奈何宿命總是與她為敵……

這馭妖谷，卻不是她想離開，就能離開得了的。

思及此事，紀雲禾一聲嘆：「馴服此鮫人，這差事不能接。」在快走回自己院子的時候，紀雲禾吩咐了瞿曉星一聲：「這是個燙手山芋，丟給別人。」

瞿曉星聞言一怔：「可是左護法，這個鮫人是順德公主送來的……您要是把這鮫人馴好了，回頭順德公主少不得對您多有提拔，您知道的……」瞿曉星觀察了一下左右，湊到紀雲禾耳邊悄聲道：「您要知道，皇家中人說的話，在咱們馭妖谷中舉足輕重，若有順德公主助您，谷主之位……」

她就是不想要這谷主之位。

然而這話紀雲禾沒法和瞿曉星說，她只得拉著冷臉，瞥了瞿曉星一眼，道：「若是馴不好呢？」

瞿曉星聞言又是一愣。

「咦……」他眨了眨眼睛。「護法……難道，您是在擔心……您馴服不了這鮫人？」

她是擔心，她真的馴服了這鮫人，博得了順德公主的歡心，順德公主當真為她說了什麼話，從此以後她怕是連現在的安寧都守不住了。

「你就當是如此吧。」紀雲禾到了自己的院子，轉身就要將院門關上趕人走。「總之我就是不想接這個差事，林昊青或者別的誰想接，就讓他們接去，我不蹚這渾水。」

說完這話，院門一關，關了瞿曉星一鼻子的灰，瞿曉星只聽裡面的人懶懶地說了句：「這段時間，就說我閉關，啥都不幹。」

瞿曉星撇了撇嘴，可對於上級，他到底還是沒有辦法強迫。

然而到了傍晚，瞿曉星卻不得不再次來到紀雲禾院門前，敲了敲門道：「護法。」

隔了許久，裡面才傳來紀雲禾的聲音：「我不是說我在閉關嗎？」

「是，可谷主找您。」

「……」

院門一開，紀雲禾顯得有些頭疼地撓了撓頭道：「谷主有何事找我？」

「屬下不知。」

紀雲禾無奈，可也只有領命前往。

*

馭妖谷大殿名為厲風堂，紀雲禾一入大殿門口，看見老谷主身邊垂眸靜立的林昊青，她便覺得今日來得不妙。

「谷主。」紀雲禾行了個禮，老谷主林滄瀾已是古稀之年，滿面褶皺，可那雙皺紋之間的眼睛，卻依舊如鷹般犀利且懾人。

「咳咳……雲禾來了。」林滄瀾咳了兩聲，招了招手，將紀雲禾招上前來。「雲禾最近在忙些什麼啊？」

紀雲禾規規矩矩上前，站到林滄瀾右側，躬身細語答道：「前段時間馴了幾個小妖送走了，這兩天正忙著教手下的馴妖師一些馴妖的技能。」

林滄瀾點了點頭。「好孩子，為我馭妖谷盡心盡力。」他蒼老如枯柴的手伸了出來，握住紀雲禾的手，拍了拍。「辛苦妳了。」

「屬下理當為馭妖谷鞠躬盡瘁。」紀雲禾頷首行禮。

林昊青眸光微微一轉，在紀雲禾的臉上一掃而過。

林滄瀾好似極欣慰地點了頭，隨即啞聲道：「我馭妖谷收盡能人異士，承蒙高祖皇帝恩寵，允我等馭妖一脈在這西南偏隅安穩度日，而今順德公主送來一厲妖，欲得我馭妖谷相助馴化。此乃皇恩，任務厚重，不得閃失。」

紀雲禾與林昊青都靜靜聽著。

紀雲禾面上雖然不動聲色，可心裡卻不由哀嘆，看來馴服那鮫人一事，恐怕不是她說要躲就能躲得過的……

「老夫思量再三，此等妖物，唯有交給你二人處理，我方能放得下心。」林滄瀾咳了兩聲道：「正巧，老夫近來身體多有不佳，深知天命將近……」

「谷主鴻福。」

「父親萬壽。」

紀雲禾與林昊青幾乎同時說了這兩句話，兩人接連跪在地上，作揖跪拜。

林滄瀾笑著擺擺手道：「這身體，老夫自己清楚。也是時候將這未來谷主的位置定一定了。」

此話一出，整個厲風堂內，一片沉默。

「你們都是我的孩子，都很優秀，老夫實在難以取捨，而今趁此機會，你二人便一比高低吧。」林滄瀾自懷裡取出一封信件，信紙精緻，隱隱含香。「順德公主前日來信，她令我等馴服此妖，順德公主其願有三，一願此妖口吐人言，二願此妖化尾為腿，三願其心永無叛逆。這三點，你二人，誰先做到，誰就來當這下一任谷主吧。」

「孩兒得令。」林昊青抱拳答了。

而紀雲禾卻沒有說話。

林滄瀾轉眼盯著紀雲禾道：「雲禾？」

紀雲禾抬頭望他，觸到林滄瀾和藹中暗藏殺機的目光便心頭一涼，唯有忍下所有情緒，答道：「是。雲禾得令。」

離開厲風堂，紀雲禾走得有點心不在焉，直到要與林昊青分道揚鑣時，林昊青喚了一聲她的名字，她才陡然回神，抬頭望向林昊青。

「雲禾。」林昊青聲色帶著幾分客套與疏離。「未來這段時間，還望不吝指教了。」

紀雲禾也回了個禮：「兄長客氣了。」然而客套完了，兩人卻沒有任何話說了。

厲風堂外的花谷一年四季繁花似錦，春風拂過之時，花瓣與花香在谷中纏綿不絕，極為怡人。紀雲禾望著林昊青，嘴角動了動，最終，在她開口之際，林昊青卻只是一轉身，避開她的眼神，冷淡地離開。

紀雲禾站在原地看著他遠去的背影，只得一聲苦笑。

她喚他兄長，是因為她曾經真的將他當作兄長看待。甚至說，現在也是。

紀雲禾轉頭，只見春日暖陽之下，谷中萬花正是盛極之時，這一瞬間紀雲禾腦海裡的時光好似倒流了一般。

她彷彿看見很多年前的自己。那時她尚且是個不知世事的丫頭片子，喜歡在繁花裡又跳又鬧，而比她年長幾歲的林昊青就站在遠處靜靜看著她，目光溫和，笑容靦腆。

她總愛胡亂摘把花，拿過去問他：「昊青哥哥，花好不好看？」

林昊青笑著摸了摸她的頭，然後把她頭上的草與亂枝都摘去，在她耳邊戴上一朵花，笑稱：「花戴在妹妹頭上最好看。」

而現在，記憶中溫暖笑著的哥哥，卻只會對她留下並沒什麼感情的背影……

紀雲禾垂下頭，她比任何人都清楚，他們之間之所以變成這樣，一點都怪不得林昊青。要怪，也只能怪她……

紀雲禾回到棲雲院時，天色已黑，她坐在屋內，點了燈，看著豆大的燭火跳躍，一下兩下，等她數到第五下的時候，空氣中倏爾閃來一道妖氣，一個身穿白衣紅裳的黑髮女子驀地出現在了屋內。

紀雲禾撥了撥燈，看也未看那女子一眼，只問道：「說吧，林滄瀾這次直接讓我與林昊青相鬥，他想要我做到什麼程度？」

女子聲色薄涼：「要妳全力以赴。」

紀雲禾笑道：「我全力以赴？我若真將那鮫人馴服了，林滄瀾真敢把谷主之位給我？」

「谷主自有谷主的安排。妳不用多問。」女子只答了這樣一句話，手一抬，一粒藥丸往紀雲禾面前一拋。「妳只需知道，若讓他發現妳不曾全力以赴，一個月之後，妳便拿不到解藥就是了。」

紀雲禾接住藥丸，餘光看見白衣紅裳的女子同來時一般，如鬼魅似的消失。她手指捻住藥丸，唇角抿得極緊。

馭妖谷中的所有人，包括林昊青都認為，林滄瀾是十分寵愛紀雲禾的。老谷主封她為護法，對待她與對待林昊青幾乎沒有差別，甚至隱隱有讓她取代林昊青的意思。

然而，只有紀雲禾知道，那個陰謀算盡的老頭子，根本就不可能把這南方馭妖谷的谷主之位交給一個「外人」，哪怕她是他的養女。

更遑論，林滄瀾從未將她當成養女，她只是老頭子手下的一顆棋子，幫老頭子做盡一切那些陰暗的、見不得人的勾當……

紀雲禾服下這月的解藥，讓苦澀的味道在嘴裡蔓延。苦味能讓她保持清醒，能讓她清楚地思考她所面臨的困境。

她知道老頭子根本沒有打算要把谷主之位給她，而現在卻搞了個這麼光明正大的比試，還要她全力以赴。她若輸了，便是林昊青坐上谷主之位，她必定被馭妖谷拋棄，連帶瞿曉星與這些年支持她的人，一個也討不到好處。

而她若贏了，更是不妙。

老頭子背地裡不知道準備了什麼樣的招收拾她。而且，就算沒有招，只是斷了她每月必須服食的解藥，就足夠讓她受的了。

前後皆是絕境……

紀雲禾拉了拉衣襟，剛服食了藥物的身體本就有幾分燥熱，想到如今自己的境地，她更覺得心燥，一時感覺屋裡待著煩悶，便踏步出了房間，尋著春夜裡還帶著的寒涼在馭妖谷裡信步遊走。

一邊尋思事情一邊無意識走到了關押那鮫人的地牢之外。

其實並不是偶然。

這關押鮫人的地牢機關極多，整個馭妖谷裡也就這麼一個。以前鮮少有夠資格的妖怪能被關在這裡，平時也少有人來，於是紀雲禾以前心煩的時候總愛在這周圍走走，有時候甚至會走進地牢裡去待一會兒。

裡面誰也沒有，是一個難得的能讓她感覺到一絲安全的地方。

鮫人被關在裡面，今夜地牢外有不少看守，但見是紀雲禾來了，眾人便也簡單行了個禮，喚了一句：「護法」。

紀雲禾點點頭，隨口問了一句：「那妖怪可還安分？」

守衛點頭道：「白日少谷主將他收拾了一通，夜裡沒有力氣折騰了。」

紀雲禾點點頭道：「我去看看。」

她要進，守衛自是不會攔。紀雲禾緩步下了地牢，並沒有刻意隱去腳步聲。她知道，對有那樣力量的妖怪來說，無論她怎麼隱去自己的行蹤，也是會被察覺出來的。

下了地牢，牢中一片死寂，巨大的鐵欄上貼滿了符咒，白日的血腥已經被洗去，地牢頂上投下來的月光將地牢照得一片清冷。

而那擁有著巨大尾巴的鮫人就被那樣孤零零地吊在地牢之中。長長的魚尾垂搭下來，拖曳至地，而魚鱗卻還因著透漏進來的月光閃閃發亮，隱約可見其往日令人驚豔的模樣。

紀雲禾緩步走進，但見那鮫人垂搭著頭，及腰的銀色長髮擋住了他半張臉。可即使如此，紀雲禾也覺得，這個鮫人，太美了。

美得過分。

*

紀雲禾行至牢房外，透過粗壯的，貼滿符咒的柵欄往裡面抬頭仰望。雙手被吊起的鮫人一身的傷，他的琵琶骨被玄鐵穿透，一條鐵鍊纏繞在他藍白相間的美麗魚尾上，禁錮了他所有的動作。

他一身的血，像是將鐵鍊都浸泡飽了一樣，滴滴答答地往下掉。在朦朧月色之下，他一張臉慘白如紙。饒是紀雲禾已經入了馭妖谷多年，見過那麼多血腥場面，此時也不由覺得膽寒。

而在膽寒之餘，也為這鮫人的容貌失神。

這世上總有那麼些人或物，盛放自有盛放時的驚心，萎靡也有萎靡時的動魄。

紀雲禾上前一步。就是這一步，像是跨入了鮫人的警戒區。勾魂眼的弧度一動，睫羽輕顫，眼瞼睜開，冰藍色的眼眸光華一轉，落在了紀雲禾身上，眼瞳中映入地牢裡的黑暗、火光，與她一襲素衣的身影。

他嘴角有幾分冰涼地往下垂著，帶著不怒自威的威嚴及與生俱來的貴氣。他眸光懾人，帶著戒備，殺氣與淡漠至極的疏離似有冰刃刺人心。

他一言不發。

送這鮫人來的太監沒有提供任何關於這個鮫人的資訊。從哪裡來，叫什麼名字，身體狀況如何，法力達到哪個層級……自然，也沒有告訴馭妖谷的人，他會不會說話。

這要他口吐人言，是教會他說話，還是讓他開口說話？

紀雲禾沒有被他的目光逼退，她又近了一步，幾乎是貼著牢房的封印欄杆審視著他。

四目相接，各帶思量。

紀雲禾不知道這鮫人在想什麼，但她卻詭異地覺得，自己現今的處境與面前的這個妖怪，如此相似。

困境。

留在馭妖谷是難過，離開也不會有什麼好結果。

如果馭妖谷不能馴服他，那他可能會被送到北方的馭妖台、東方的馭妖島，或者西方的馭妖山……這些是在朝廷的控制下，如今天下僅存的四個允許他們擁有馭妖能力的人生存的地方。

每一個地方，對妖怪都不友善。

紀雲禾現在面臨的，與他有何不同？

林昊青、林滄瀾，前者對她是防備、猜忌，欲除之而後快，後者對她是無所不用其極地利用，恨不得能榨乾她每一滴血。而她若私自逃出馭妖谷，身體裡的毒會發作不說，這茫茫天下，皇權將視她為馭妖師中的叛徒，四大馭妖領地都不會再接受她。

舉目四望，她與這牢中的妖，並無區別。

一個是權力下的玩物，一個是大局裡的棋子。

滴答。

鮮血滴落的聲音在地牢裡十分清晰，紀雲禾目光往下，掠過鮫人結實的胸膛與肌肉形狀分明的小腹。她眉梢挑了挑，心裡感慨，這鮫人看起來很有力量感嘛。

再接著往下看去，他魚尾已經不復白日那乍見時的光滑，因為缺水再加之白日受了雷霆之苦，他一些鱗片翻飛起來，皮開肉綻，看起來有些嚇人。

紀雲禾馴妖，其實是不太愛使用暴力的。

她手心一轉，掌心自生清泉，隨手一揮，清泉浮空而去，捲上鮫人的魚尾。

是同情他，大概也是同情和他差不多處境的自己。

鮫人下意識地抗拒，微微動了動身子，而他這輕輕一動，身上的玄鐵「嘩啦」一陣響，幾乎是在這一瞬間，覆了法咒的玄鐵便立即發出閃電，「劈啪」一陣閃過，沒入他的皮肉，刺痛他的骨髓。

鮫人渾身幾乎是機械地抖了抖，他咬住牙，任由渾身的傷口裡又淌出一股股鮮血……而這樣的疼痛，他卻自己悶不作聲地忍下……或許，也已經是沒有叫痛的力氣了。

「別動。」紀雲禾開了口，比普通女子要低一些的聲音在地牢裡回轉，彷彿轉出了幾分溫柔意味。「沒想害你。」她道。

紀雲禾目光又往上一望，對上了鮫人的藍色眼眸。

她手中術法未停，清泉水源源不斷自她掌心裡湧出，還帶了幾分她身體的溫度一樣，覆在了鮫人的魚尾上。

有了清水的滋潤，那些翻飛的魚鱗慢慢變得平順下來，一片一片快速地在自我癒合著，沒有受傷的地方很快便順服地貼了下去，閃出了與初見時一樣的耀目光澤。

鮫人的眼眸有著與生俱來的冰冷，他望著她，似乎沒有任何情緒的波動。

紀雲禾也根本沒想過要得到他的回應。她一收手，握住了拳頭，登時泉水消失，她望著鮫人道：「你想離開是吧？」

鮫人不言語，彷彿根本沒聽到紀雲禾的話。

「我也想離開。」她低低地說出這句話，聲音小得好似在呢喃。「好好聽話吧，這樣大概要輕鬆一些。」

言罷，她抬頭，望著鮫人笑了笑，也沒管他，一轉身，像來時一樣，信步走了出去。

離了地牢，紀雲禾仰頭望天上的明月，鼻尖嗅著谷中常年都有的花香。她深深吸了一口氣。雖然不喜歡這南方的馭妖谷，但紀雲禾卻不得不承認，她是喜歡南方的，喜歡這溫柔的溫度與常年不敗的花，還有總是自由自在的暖風。

這些年，她一直都在想辦法，想慢慢地安排，慢慢地計劃，好讓自己從這馭妖谷裡安然脫身，然而……現在看來，她好像已經沒有慢慢折騰的時間了。

林滄瀾給她定的這場明日開始的爭奪，她躲不過，那就參加吧。

只是她的對手，不是林昊青，而是那個一直坐在厲風堂上，垂垂老矣卻目光陰鷙的谷主——林滄瀾。

林滄瀾很早以前就與她說過，她身體裡的毒是有解藥的，不用一個月服食一顆，只要她好好給他辦事，到最後，他就會把最後的那顆解藥給她。

紀雲禾曾經對林滄瀾還抱有希望，如今已經沒有了，她甚至懷疑解藥的存在。可沒關係，就算沒有解藥，她只要有製作每月遏制毒性的藥方，她就可以離開馭妖谷，更甚者……她可以不要藥方，她只需要足夠數量的暫緩藥，她可以讓人去研究，配出藥方，就算再退一萬步，她只能拿到一些遏制毒性的藥，她也要離開馭妖谷。

她受夠了。

這樣不自由的生活，她受夠了。

她只想憑著自己的意志，不受任何控制與擺布地去看自己想看的月、想賞的花、想走的萬千世界。

她與林滄瀾的最後一戰，該是時候打響了。

就從這個鮫人開始。

「錦桑。」紀雲禾俯下身，唇瓣輕輕貼在路邊一朵花的花心裡。「該回來了。」

長風起，吹動花瓣，花朵輕顫，也不知將紀雲禾剛才那句話傳去了何方。

*

是日，風和日麗，春光正好。

陽光與春風一同經過窗戶洩入屋內，陽光止步書桌，暖風卻繞過屏風，拂動床幃內伊人耳邊髮。

然而隨風而來的還有一陣陣敲門的聲音以及瞿曉星的叫喚：「護法！雲禾！姑奶奶！這都什麼時辰了！您還在睡啊！」

「叩叩叩」敲門的聲音一直持續不停，吵得煩人，終於……

「吱呀」一聲，紀雲禾極不耐煩地打開了門。她皺著眉，亂著頭髮，披掛在身上的衣裳也有幾分凌亂，語氣是絕對的不友好。

「鬧騰什麼！」

瞿曉星被這氣勢洶洶的一吼嚇得往後一退。

「我……我也不想來吵您呀，誰不知道您那起床氣嚇死人……」

紀雲禾晚睡晚起，起床氣大，基本是和馭妖谷的谷規一樣，人盡皆知。

瞿曉星委屈地嘟囔：「可我還不替您著急，您和少谷主的比試多重要啊，人家少谷主今天一大早就帶著人去地牢了，但您……您這兒都快睡到午時了……別人不敢叫您，這差事還不落在我頂上嗎。」

紀雲禾還真是把馴妖的事兒給睡忘了。

她砸了一下嘴，強撐住了面子，輕咳了一聲。

「馴服妖怪是技術活，又不是看誰起得早誰就更能得到妖怪的信服。」她揉揉眼睛，揮手趕瞿曉星。「得了得了，走走，我收拾一下就過去。」

「怕是沒時間讓您收拾了。」另一道女聲出現在瞿曉星身後，紀雲禾歪了歪腦袋，往後一探，但見來人長腿細腰，一襲長髮及至膝彎，面上五官凌厲，眼尾微挑，稍顯幾分冷豔，自帶三分殺氣。

「咦？」紀雲禾眨了眨眼睛，散掉了僅餘的那點睡意。「三月？」

紀雲禾有些迷糊地嘀咕：「我昨天傳信不是錯傳給妳了吧？妳怎麼回來了？妳不是和西邊馭妖山的人去除妖了嗎？這麼快？」

「呵。」雪三月一聲冷笑。「西邊的人一年頂一年的沒用，什麼大蛇妖，無法對付，那蛇妖明明人形都還沒化，一群廢物費了那麼大工夫也拿不下來，送上去的報告看著嚇人，其實花不了多少工夫。」

雪三月馴妖的本事不行，可要論手起刀落地殺妖怪，這馭妖谷中怕是也沒幾個人能強得過她。

「妳這裡的事才讓人操心。」雪三月冷冷睇了紀雲禾一眼。「事關谷主之位的比賽，妳還有時間偷懶？」

雪三月一把拽了紀雲禾的手，也不管她頭髮還亂著，拖著她便走。「林昊青已經在牢裡用上刑了。」

紀雲禾聽得懂雪三月的意思，她是說，林昊青已經在牢裡用上刑了，回頭她去晚了，鮫人一旦開口說話，她這比賽的第一輪便算輸了。可是不知為何，紀雲禾聽到雪三月這句話時，腦海裡閃過的卻是那鮫人乾裂的鱗甲、滿是鮮血的皮膚，還有他堅毅卻淡漠的藍色眼珠。

「打不出話來的。」

雪三月轉頭看了她一眼道：「妳怎麼知道？」

紀雲禾微微一笑。

「要是能打出話來，順德公主也不會把他送咱們這兒來了。朝廷的刑罰不會比馭妖谷的輕。」

雪三月聞言，放緩了步伐道：「妳有對策了？」

其實雪三月是有點佩服紀雲禾的，這麼多年來，在馭妖谷，有一半的馭妖師，一輩子馴服的妖怪沒有紀雲禾一年馴服的多，她像是能看穿妖怪內心最深刻的恐懼，從而抓住它，然後控制他們。

她對那些妖怪的洞察力，可怕得驚人。

「有是有。」紀雲禾瞥了雪三月一眼。「不過，別人倒也算了，妳這麼操心這場比賽做什麼？妳又不是不知道我的情況。」

兩人相交多年，知曉彼此內心藏著的最隱密的祕密。

紀雲禾沒什麼瞞著她，她也如此。

「無論如何，這是個機會。」雪三月說得堅定，沒再管紀雲禾，拖著她便往地牢那方走。

紀雲禾看著雪三月握住自己手掌的手，眉目微微暖了。她是喜歡的，喜歡這種被人牽著手的感覺，讓她覺得自己有同行的人，不會一直那麼孤獨。

及至地牢外，已經有許多人在外面圍著看熱鬧。

紀雲禾被雪三月帶到的時候，地牢裡正是一陣閃電劈啪作響。有馭妖師輕輕咋舌感慨：「少谷主是不是太著急了些，這般用刑，會不會將這鮫人弄死？」

「少谷主有分寸，哪輪得上你來操心。」

紀雲禾眉頭微微一皺，這時旁邊正巧有人看見了紀雲禾，便立即往旁邊一讓，喚了一聲：「護法。」

聽到這兩個字，前面的人立即轉頭回身，見紀雲禾來了，統統俯首讓道，讓紀雲禾順暢地從擁擠人群中走了進去。

下了地牢，往常空空蕩蕩的牢裡此時也站滿了人。林昊青站在牢籠面前，面容在閃電之中顯得有幾分冷峻，甚至陰森。他緊緊盯著鮫人，不放過他面上的每一分表情。

而就在紀雲禾踏入地牢的時候，不管如何用刑，一直沒有任何表情的鮫人倏爾顫了顫睫毛。他眸光輕輕一抬，冰藍色的眼瞳輕輕地盯住了正在下地牢長階的紀雲禾。

林昊青將鮫人盯得緊，他眸光一動，林昊青便也隨鮫人的目光往後一望。

但見那鮫人望著的正是紀雲禾，而紀雲禾也看著那鮫人，微微皺著眉頭，竟似對那鮫人……有幾分莫名的關心。

林昊青垂於身側的手微微一緊，眸光更顯陰鷙，卻有幾分林滄瀾的模樣……

第二章　大海之魂

「護法來得遲了。」林昊青一邊說著，一邊抬了抬手，方才稍稍停頓下來的雷擊霎時又是一亮，那些滿是符咒的玄鐵之上「嘩啦」一聲閃動著刺眼的閃電，打入鮫人體內。

被懸吊在空中的鮫人好似已對疼痛沒有了反應，渾身肌肉下意識地痙攣了一瞬，復而平靜下來。他垂著腦袋，銀色的頭髮披散而下，沾滿了身上的黏稠血液，顯得有幾分骯髒。

他像一個沒有生機的殘破布偶，那雙冰藍色的眼眸被眼瞼遮住，沒人能看清他眼中神色。

紀雲禾神色淡漠，不露任何一點關切，只懶懶伸了個懶腰，帶了些許玩笑與揶揄道：「少谷主何不說自己有點心急了。」

林昊青笑道：「雲禾馴妖本事了得，為兄自是不敢怠慢，當全力以赴，方才對得起妳才是。」

「我馴妖的時候可不待見有這麼多人守著看。」紀雲禾帶著雪三月下了地牢，尋了塊石頭往旁邊一坐，雪三月立在她身邊，她便順勢一歪，懶懶地靠在了雪三月身上。雪三月瞥了她一眼，但最後還是容著她犯懶。紀雲禾抬手謙讓：「兄長先請吧，只是……」

紀雲禾撇了撇嘴，不鹹不淡地說了一句：「但聞順德公主身分尊貴，樣樣都想要最完美的，這鮫人也不知道癒合能力怎麼樣。兄長，比賽第二，怎麼用最好的去交差，才是咱們的首要任務啊。」

林昊青眉目微微一沉，眸光從紀雲禾身上挪開，落在了那彷似已奄奄一息的鮫人身上。

紀雲禾說得沒錯。

而今天下，朝廷為大，皇權為貴，再也不是那個馭妖一族可以呼風喚雨的時候了。朝廷將馭妖一族分隔四方，限制他們的力量，四方馭妖族，最首要的事已經不再是除妖，而是迎合朝廷。

如何將這些妖物訓練成皇族最喜歡的樣子，是他們最重要的任務。

即使這是關於谷主之位的比賽，也依舊要以順德公主的意思為主。

公主想讓這個鮫人說話，有雙腿，一心臣服，她並不想要一個破破爛爛的奴隸。

林昊青擺了擺手，輔助他的助手控制著雷擊的機關，慢慢停止了雷擊。林昊青上前兩步，停在牢籠前方，微微仰頭，望著牢裡懸掛著的鮫人道：「你們鮫人一族向來聰慧，你應當知道什麼對你才是最好的，只要你乖乖聽話……」

話音未落，鮫人一直垂下的眼瞼倏爾一抬，直勾勾地盯住了林昊青。他眸中神色清亮，並無半分頹廢，甚至夾帶著比昨日更甚的殺氣。

只見他周身霎時散出淡藍色的光輝，旁邊的助手見狀，立即重啟雷擊。電閃雷鳴之中，整個地牢裡皆是轟鳴之聲，地牢之外圍觀的人盡數四散逃竄。

不為其他，只因為這鮫人身體裡散發出來的妖氣已經溢出地牢，向外而去。

紀雲禾只見他魚尾一動，巨大的藍色尾巴在電光閃爍之中夾雜著血，狠狠一擺，拉扯著那將他尾巴釘死固定的鐵鍊。「嘩！」的一聲，固定在地上的金箭鐵鍊被連根拔起！

「哐啷」一下，狠狠砸在林昊青面前的玄鐵柵欄上。

玄鐵柵欄應聲凹進一個坑，背後凸出，離林昊青的臉只有三寸距離。

「少谷主！」旁邊的助手無比驚慌，連忙上前保護林昊青，將他往後拉了一段。「您受傷了！」有助手驚呼出聲。

只見林昊青的顴骨上被擦破了一道口子，而那傷口處還在淌著血，助手吟咒幫他止血，卻發現沒有止住。林昊青一把推開旁邊的助手道：「金箭傷的，箭上有法力，你們止不住的。」

金箭……

所有人往那牢裡看去，但見鮫人依舊盯著林昊青，而他的魚尾已經一片狼藉。

貫穿他魚尾的鐵鍊在他剛才那些動作之下，讓他尾部幾乎撕裂，鮮血淋漓。玄鐵鐵鍊還是穿在他的身體裡，而下方固定在地的金箭已經折斷。

是方才他魚尾捲動玄鐵鐵鍊時，拉起了地上金箭，而金箭撞上玄鐵柵欄，箭頭斷裂射出牢籠，擦破了林昊青的臉。

牢中馭妖師無人敢言，盯著裡面鮫人的目光霎時有幾分變了。

傷成這樣，沒有誰能料到他還有力氣反抗，而且他竟然還有反抗的意志，至今為止，他們見過的妖怪，哪一隻不是在這樣的刑罰下，連生存的意志都沒有了……

這個鮫人……

當真能被馴服？

映襯著還在劈啪作響的閃電，地牢外的馭妖師奔走吵鬧，地牢天頂不停落下石塊塵土，環境喧囂，紀雲禾在這般喧囂之中，終於將早上的那些睡意統統抹去。

她靜靜望著牢中的鮫人，只見他冰藍色眼眸裡的光芒是她沒有見過的堅定與堅持。

「鮫人是大海的魂凝結而成。」雪三月在紀雲禾身邊呢喃出聲。「我還以為是傳說，原來當真如此。」

紀雲禾轉頭看了雪三月一眼。「別讓別人聽到了。」

馭妖谷裡，見不得人誇讚妖怪。

即使這隻妖怪確實讓紀雲禾也心生敬佩。

＊

鮫人那一擊幾乎用掉了他所有力氣，他被吊掛在牢裡，而機關的閃電還在不停地攻擊著他。

此時林昊青受傷，助手們的焦點都在林昊青身上，並沒有誰去在乎機關是否還開著，或者……他們就是要讓機關開著，這樣才能讓他們更確定自己的安全還有保障。

「少谷主，這裡危險，磚石不停掉落，咱們還是出去吧。」

林昊青臉上血流不止，他凝了法術為自己療傷，聽聞此言眸光一轉，陰鷙地盯了囚籠裡如破布一般的鮫人一眼。

「著人來修補牢房。」他下了命令，助手忙不迭地應了，轉身便要跟著他離開，而林昊青一轉身，卻沒急著走，目光落在方才一直坐在一旁，穩如泰山的紀雲禾身上。

「護法不走？」

「我再待一會兒，看著他，未免鮫人再有動作。」紀雲禾目光終於從鮫人身上挪開，回望林昊青。「少谷主被金箭所傷，金箭上法咒厲害，還請趕快治療，未免越發糟糕。」

「護法也多加小心才是。」林昊青瞥了身旁兩名助手一眼。「你們且在此地護著護法，若此鮫人再敢有所異動，速速來報。」

被點名的兩人有幾分怵，顯然是不想再待在此地，但礙於命令，也只得垂頭應是。

林昊青這才隨著其他人的簇擁與攙扶離開了地牢。

紀雲禾拍了拍身上落的灰，這才站起身來，徑直往那電擊機關處走去。

林昊青留下來的兩名助手有幾分戒備地盯著紀雲禾，但見她一手握上機關的木質手柄，

「喀」的一聲，竟是將那手柄拉下，停止了電擊。

「護法。」一名助手道：「這怕是不妥。」

「有何不妥？」紀雲禾瞥了他們一眼。「少谷主馴妖有少谷主的法子，我自有我的法子。」她說罷，不再看兩人，向牢門處走去，竟是吟誦咒語欲要打開囚禁那鮫人的玄鐵牢門。

此時外面圍觀的馭妖師已經在方才那一擊時跑得差不多了，還有一些留下來的，見此場景也忙不迭直叫：「護法使不得！」

紀雲禾沒管他們的聲音，那兩個助手更是上前要阻止紀雲禾誦咒，可在觸碰到紀雲禾之前，便有一道劍氣「唰」地在兩人面前斬下，劍氣沒入石地三分，令兩名助手脊梁一寒……

「少谷主的手下真是越發不懂規矩。」雪三月持刀立在一旁，面容冷淡，眸中寒意懾人。「護法行事，輪得到你們來管？」

雪三月的功力，馭妖谷內也是無人不知。林昊青已走，剩下的也都是小嘍囉，兩名助手在雪三月面前說不上話，只得對紀雲禾揚聲道：「護法！牢門萬不可打開啊！萬一鮫人逃走了……」

話音還沒落，護欄上的術法便已經消散，紀雲禾一把拉開牢門，邁了進去。她也不急著關門，一轉頭，將門又推開得大了些。

站得遠點的馭妖師一見，馬不停蹄地就跑了，被勒令留下來的兩人慘白著一張臉死撐著沒動，雙腿卻已經開始發抖。

這鮫人，把他們嚇得不輕。

紀雲禾一聲輕笑，這才不緊不慢地將牢門甩上。

「哐」的一聲，隔絕了牢裡牢外的世界。

她走到了鮫人身側，仰頭望他，沒有牢籠和電光的遮攔，這般近距離的打量，更讓紀雲禾感覺他這一身的傷，觸目驚心。

這麼重的傷，還怎麼逃走？

紀雲禾站在鮫人那巨大的尾巴前面，此時那雙本應美得驚人的大尾巴已經完全沒了力氣，垂搭在地上。往上望去，是他糾纏著血與灰的銀髮，還有他慘白的臉以及只憑意志力半睜著的眼睛。

他的眼睛是冰藍色的，紀雲禾看過，但此時，紀雲禾只見他眼眸中灰濛濛一片，沒有焦點，也沒有神采，幾乎已經是半死過去了。

紀雲禾知道，這鮫人方才是用盡了所有力量在反抗。

只為了將羞辱他的林昊青打傷……

她在心底輕輕嘆了一口氣，硬骨頭的妖怪在馭妖谷總會吃更多苦頭。骨頭越硬，日子越難過。

人也一樣。

紀雲禾隨即垂下頭，看著他尾巴上的傷，貫穿他魚尾的玄鐵鍊還穿在他的骨肉裡，紀雲禾反手將身上的小刀掏了出來，手起刀落，極快地在他魚尾最後的牽連傷處一割，分開他魚尾下方最後一點與鐵鍊相連的皮肉，玄鐵鍊「咚」的一聲沉響，落在地上。

鮫人尾雖然已經破爛不堪，但好歹此時沒有了玄鐵的拖拽，這讓他上方懸吊著的手臂也少承擔了許多重量。

紀雲禾再次仰頭望他。對鮫人來說，她方才在他尾巴上動了刀子，他已經完全沒有感覺了，只是身體忽然的輕鬆讓他稍稍回復幾分神智。

藍色的眼珠動了動，終於看見站在下方的紀雲禾的臉。

紀雲禾知道他在看自己，她微微開了口，用口型說著：「何必呢。」

鮫人微微顫動的眼珠讓紀雲禾知道，他聽懂了。

但沒有再多交流。紀雲禾想，這個鮫人現在就算想說話，怕也是沒有力氣說出口吧。

林昊青這次是真的心急，有些胡來了。

紀雲禾隨即往外看了一眼，道：「動動那機關，把他給我放下來。」

林昊青的兩名助手連連搖頭，雪三月一聲冷哼，懶得廢話，撿了地上一塊石頭往牢邊機關上一彈，機關轉動，牢中吊著鮫人的玄鐵鍊便慢慢落了下來。

紀雲禾看著他，在鮫人魚尾委頓在地時，紀雲禾伸手，攬住了鮫人的腰。在他腰間魚鱗與皮膚相接處的魚鱗尚軟，泛著微光，觸感微涼，紀雲禾覺得這觸感甚是奇妙，但也不敢多摸，因為這鮫人身上沒有一處不是傷。

她把鮫人橫放在地，微微皺了眉頭。

「給我拿些藥來。」

兩名助手面面相覷道：「護法……這是要給這妖怪……治傷？」

「不然呢？」這兩人再三廢話讓紀雲禾實在心煩。「把你們打一頓，給你們治？」

她這話說得冷淡，聽得兩人一怵。紀雲禾這些年能在這馭妖谷樹立自己的威信，靠的可不是懶散和起床氣。

兩人面面相覷了一會兒，一人碰了碰另一人的手臂，終是遣去一人拿藥。

等拿藥來的間隙，紀雲禾細細審視鮫人身上的傷。

從眉眼到胸前，從腰間至魚尾，每一處她都沒放過。而此時鮫人還勉強醒著，一開始他還看著紀雲禾，但發現紀雲禾在幹什麼之後，任憑怎麼打都沒反應的鮫人忽然眨了兩下眼睛，有些僵硬的將腦袋扭到了另一個方向。

鮫人身體稍有動作，紀雲禾就感受到了，她瞥了他一眼。

喲，看來，這個鮫人骨頭硬，但臉皮卻出奇的又軟又薄嘛。

＊

藥膏拿來前，紀雲禾已經用法術凝出的水滋潤了鮫人尾巴上所有乾裂翻翹的魚鱗。這條大尾巴看起來雖然還是傷痕累累，但已比先前那乾裂又沾染灰塵的模樣要好上許多。

在紀雲禾幫鮫人清洗尾巴的時候，鮫人就已經熬不住身體的疲憊，昏睡了過去。

「護法，藥。」牢外傳來拿藥人的呼喊，但那人看著躺在地上，一根鏈條都沒綁的鮫人就怕，他不敢靠近牢房，隔了老遠，抱著一包袱的藥站住了腳步。

紀雲禾瞥了他一眼道：「你是讓我出去接你還是怎麼的？」

那人哆囉哆嗦，猶豫半天，往前磨蹭了一步，雪三月實在看不下去。

「馭妖谷的人怕妖怪怕成這樣，你們主子怎麼教的？丟不丟人？」她幾大步邁到那人身側，搶了包袱，反手就丟向牢中。

包袱從欄杆間隙穿過，被紀雲禾穩穩接住。紀雲禾拆了包袱數了數，這人倒是老實，拿了好些藥來，但都是一些外傷藥，治不了鮫人的內傷。

不過想來也是，馭妖師絕對不會隨隨便便給受馴中的妖怪療內傷，以免補充他們好不容易被消耗掉的妖力，這是馭妖的常識。

紀雲禾問雪三月：「凝雪丸帶了嗎？」

凝雪丸，那可是馭妖谷裡煉製的上好的內傷藥。

雪三月也是沒想到紀雲禾竟然想給這個鮫人用這般好藥，她心下直覺不太妥當，但也沒多問，從懷裡掏出一個小瓶子便丟給了紀雲禾。

旁邊的兩人雖面色有異，但礙於方才紀雲禾的威脅，都沒有再多言。

而紀雲禾根本就不去管牢外的人到底有什麼樣的心思和琢磨。她只拿著藥瓶，欲要餵他服下凝雪丸，然而鮫人牙關咬得死緊，紀雲禾費了好些勁兒也沒弄開。她一聲嘆息，先將凝雪丸放在一旁，拿了外傷的藥，一點點一點點地往他身上的傷口上抹。

她的指腹彷似在輕點易碎的豆腐，她太仔細，甚至沒有放過每一片鱗甲之下的傷口。那些凝著血汙的，醜陋難看的傷，好像都在她的指尖下，慢慢癒合。

鮫人的傷太多，有的細且深，有的寬且大，上藥很難，包紮更難，處理完這一切，紀雲禾再一抬頭，從外面照進地牢來的，已經變成了皎潔的月光。

雪三月不知道什麼時候已經走了，而林昊青留下來的兩個看著她的下屬，也已經在一旁石頭上背靠背地坐著打瞌睡。

專心於一件事的時候，時間總是流逝得悄無聲息。紀雲禾仰頭扭了扭有些僵硬的脖子。最後還沒處理的傷是鮫人手腕上被玄鐵捆綁的印記。

玄鐵磨破了他的皮，讓他手腕上一片血肉翻飛，現在已經結了些痂，一塊是痂一塊是血，看起來更加噁心。紀雲禾又幫他洗了下傷口，抹上藥，正在幫他包紮的時候，忽覺有道涼涼的目光盯在了她臉上。

「哦，你醒啦。」紀雲禾輕聲和他打招呼。

冰藍色的眼眸直勾勾地盯著她，紀雲禾將凝雪丸放到他面前道：「喏，吃了對你的傷有好處。」

鮫人沒有張嘴。

「我知道你在想什麼。」紀雲禾手上給他包紮的動作沒有停，語氣和平時與馭妖谷其他人聊天時也沒什麼兩樣。「你在想，還不如死了算了，換做是我，我大概也會這麼想。不過，如果你有故鄉，有還未完成的事，有還想見的人……」

紀雲禾說到這裡，掃了眼鮫人。他的眼瞳在聽到這些短句的時候，微微顫動了兩下。

紀雲禾知道，他能聽懂她說話，也是有和人一樣的感情，甚至可以說，他是有故鄉，有想做的事，有想見的人。

並且，他透過她的話，在懷念那些過去。

「你就先好好活著吧。至少在你還沒完全絕望的時候。」紀雲禾拍了拍他的手背，傷已經完全包紮好了，她倒了凝雪丸出來，用食指和拇指捏住，放到了鮫人唇邊。

他的唇和他的眼瞳一樣冰涼。

在短暫的沉默之後，他牙關微微一鬆，讓紀雲禾將藥丸塞進了他的嘴裡。

見他吃了藥，紀雲禾站起身來，拍了拍屁股，拿了布袋子，便往外面走了。

沒有多的要求，也沒有多的言語，就像是，她真的就是專門來治他的傷一樣。

就像是……

她真的是來救他的一樣。

紀雲禾推門出去，驚醒了睏覺的兩人。

但見紀雲禾自己鎖上了地牢的門，他們倆連忙站起來道：「護法要走了？」

「睏了，回去睡覺。」她淡淡吩咐：「今天玄鐵鍊上的雷擊咒就暫時不用通了，他傷重，折騰不了，你們把門看好就行了。」

言罷，她邁步離開，留兩人在牢裡竊竊私語：「護法……對這個妖怪是不是太溫柔了一些啊？」

「你來的時間短，有的事還不懂，護法能到今天，手段能比咱們少谷主少？懷柔之計罷了。」

他倆說著，轉頭看了看牢裡的鮫人，他連呼吸都顯得那麼輕，好似什麼都聽不懂，也聽不見。

紀雲禾離開了地牢，邊走邊透了口氣。地牢裡太潮溼，又讓人氣悶，哪有外面這自由飄散的風與花香來得自在。

只可惜，這馭妖谷裡的風與花香，又比外面世界的少了幾分自由。

紀雲禾往馭妖谷的花海深處走去。

馭妖谷中心的這一大片花海，是最開始來到馭妖谷的馭妖師們在這裡種下的，不同季節盛開不同的花朵，所以在每個季節，花海裡永遠有鮮花盛開。

離馭妖谷建立已有五十年的時間，這五十年裡，馭妖谷裡的馭妖師們早就無閒情逸致打理這些花朵，任其生長，反而在這禁閉的馭妖谷裡長出了幾分野性，有些花枝甚至能長到大半人高。花枝有的帶刺，有的帶毒，一般不會有人輕易走進這花海深處。

對紀雲禾來說，這兒卻是個可以靜靜心的好地方。

她嗅著花香，一步一步走著，卻不小心撞上了一個結界。

空氣中一堵無形的氣牆擋住了她的去路。

紀雲禾探手摸了摸，心裡大概猜出了是誰會在這深更半夜裡於這花海深處布一個結界。她輕輕叩了兩下，沒一會兒，結界消失，前面空無一物的花海裡倏爾出現了一棵巨大的紫藤樹，紫藤花盛開之下，兩人靜靜佇立。

紀雲禾道：「我就猜到是妳。」

是雪三月和……雪三月的奴隸，一隻有著金髮異色瞳的大貓妖。

雪三月對外稱這是她撿回來的貓妖，是她捉捕妖怪的得力助手，是完全臣服於她，隸屬於她的奴隸，她還給貓妖取了名字，喚為離殊。

只是紀雲禾知道，雪三月和離殊遠遠不止如此。

紀雲禾尚且記得她認識雪三月的那一天，正是她十五六歲時的一個夜裡。

那時紀雲禾正逢與林昊青徹底撕裂後不久，她萌生了要逃離馭妖谷的念頭。她苦於自己勢單力薄，困於自己孤立無援，如今日這般踱步花海之中。然後……

便在不經意間，萬花齊放裡，朗朗月色下，她看見紫藤樹下，一個長髮翩飛，面容冷漠的女子，在鋪天蓋地的紫藤花下，輕輕吻了樹下正在小憩的一個男子。

雪三月凌厲的眉眼在那一瞬間變得比水更柔。

懷春少女。

紀雲禾第一次在一個少女臉上那麼清晰地看見這四個字。

而不可告人的是，這個少女親吻的正是離殊。

她在吻一個妖怪，她的奴隸。

五十年前，朝廷肅清馭妖一族之後，對於人與妖之間的界限劃分明確，誰也不能躍過這個界限，尤其是本來就懷有力量的馭妖師。皇族對與自己不一樣的族類，充滿忌憚。

他們拚盡全力地拉大馭妖一族與妖怪之間的隔閡，讓兩族皆能為其所用。

所以但凡與妖相戀者，只要被發現，殺無赦。

紀雲禾撞見的便是這樣事關生死的祕密。她選擇了悄悄離開。

但在一夜輾轉反側的思量之後，紀雲禾覺得自己必須打破她孤立無援的境地。

雪三月很厲害，她的武力是紀雲禾現在最欠缺的東西，她必須被人保護著，然後才能發展自己的勢力。

於是第二天，紀雲禾主動找到了雪三月，她告訴雪三月：「昨天花海裡，紫藤樹下，我看見了一些東西。」

雪三月那時雖然也只是一個少女，但她的力量足以與這皇朝裡最厲害的馭妖師相媲美，她唯一的不足是，只會殺，不會馴。她聽聞紀雲禾說出這事時，登時眉目一寒，手掌之中殺氣凝聚。

「妳先別急。」紀雲禾笑了笑。「我看妳是個有江湖俠氣，守江湖道義的人。正巧，我也是。」

雪三月冷笑：「馭妖谷裡有什麼道義？」

「能說出這樣的話，我更欣賞妳了。誠如妳所言，馭妖谷裡確實沒什麼道義，但是，我有。」她靠近雪三月一步，過於清澈的眼眸卻讓雪三月微微瞇起了眼睛。「我是個公平的人，我如今知道了妳的祕密，那我便也告訴妳一個我的祕密作為交換，如何？」

「谷主義女，妳有什麼祕密，值得換妳這條命？」

「林滄瀾不是個好東西，他用藥控制我，為了讓我刺激他軟弱的兒子，還讓我幫他做一些見不得人的勾當。」

紀雲禾說這話時，滿目冰冷，令她自己至今都記憶尤深。

「什麼勾當？」雪三月問。

「馴妖，表面送給皇室，實則利用馭妖術，讓這些妖怪始終忠於馭妖谷，把皇家的祕密傳回來。」

雪三月大驚。

紀雲禾笑了笑。

「這個祕密，夠不夠換我一條命？」

這個祕密何止夠換她一條命，這個祕密若是讓皇室得知，整個馭妖谷上下，包括谷主，無一能活命。馭妖谷谷主林滄瀾背地裡竟然在做這樣的事，而竟然真的有馭妖師……能完成林滄瀾的這個要求。

雪三月靜默了很久，打量著紀雲禾，似乎在審視她話的真實性，最後她問紀雲禾：「妳想要什麼？」

「我想要一個朋友。」她笑咪咪地抓了雪三月長長的頭髮，在指尖玩似的繞了繞。「一個永不背叛的朋友。」

建立在見過彼此不為人知祕密的基礎上，這樣的友誼，便格外堅不可摧。

「我還想要一個能和我一起逃出馭妖谷的朋友。」

雪三月一愣。

紀雲禾不笨，她見到雪三月親吻離殊的那一刻，便明瞭在雪三月心中，最想要的是什麼。她和她一樣，想要離開馭妖谷，想要自由，想要過自己想過的生活。

所以這一句話，讓她留住了性命，也換來了一個朋友。

也就是從那個時候開始，紀雲禾就開始為自己布局了。她拉幫結派，以利益，以情誼，在這馭妖谷中建造屬於自己的勢力。

友。

值得慶幸的是，一開始充滿利益牽扯，以祕密交換回來的朋友，最後竟然當真成為了朋友。

可能這世界上就是有這樣的人吧，天生就臭味相投，也可能因為她們是那麼的相像，骨子裡都長著一根叛逆的筋，任是風吹雨打，都沒能扯斷。

回憶起了長長一段往事，紀雲禾有些感慨。

「妳又在這兒瞎轉悠什麼？」雪三月的聲音將她拉了回來。「那鮫人的傷治好了？」

紀雲禾擺擺手，算是給她和離殊打了個招呼。

「那傷哪是說治就治好的。」紀雲禾瞥了離殊一眼。「妳自己好好注意一點，現在不比以前。」

雪三月點頭，離殊站在她身邊，垂頭看了她一眼，一隻紅色一隻藍色的眼瞳之中，閃爍的是同樣溫柔的目光。

紀雲禾看那處紫藤花翻飛落下，樹下立的兩人在透灑下來的月光下如畫般美好。他們那麼登對，明明是一段好姻緣卻偏偏因為這世俗的規矩弄得像在作賊，紀雲禾有些想嘆息。她拍拍衣袍，轉身離去。「不打擾了，我先回了。」

回去的路上她仰頭望月，只希望快一點吧，快一點離開馭妖谷，快一點結束這些算計與小心翼翼，快一點讓她在乎的這些人過上自由的生活。

＊

翌日，天未亮，林昊青便又去了地牢。

見鮫人身上的傷已經被紀雲禾治療過了，他也並未多言，只是淡淡地吩咐再將鮫人吊起來，他問一句話，得不到回答便用雷擊處罰他一次。

這是馭妖谷常用的手段，一直處罰妖怪，直到攻破妖怪的心理防線，開始配合馭妖師做出他們想要的行為舉動。而只要配合一次，馭妖師就會對妖怪進行獎勵，長此以往，妖怪們便會習慣性地順從馭妖師，以配合他們做出的所有指令。

當然，也不是沒有倔強的妖怪，有的妖怪直到死也不願意配合馭妖師，卻從來沒見過如這鮫人一般的……冷漠。

每一次雷擊，都得不到他任何的反應，他像是能控制自己的生理反應一樣，垂著頭，閉著眼，不言不語，以至於讓人連觀察他的弱點都沒辦法。

不知道雷擊打在他身上哪個地方更痛，所以沒辦法給他更具有針對性的傷害。

林昊青在他身上耗掉了大半天時間，還是與昨日一般，將近午時，紀雲禾才姍姍來遲。

有了昨天的那番折騰，今天來看戲的人已經少了許多，紀雲禾打著呵欠走進地牢，林昊青的助手們注意到她，便與她打招呼：「護法。」

紀雲禾點了點頭，又走到旁邊的石頭上坐著，並沒打算急著與林昊青爭搶。但在她坐下來的那一刻，鮫人卻睜開了眼睛，看了紀雲禾一眼，冰藍色的眼瞳裡沒有絲毫感情波動，隨即又閉上。

「雲禾。」

紀雲禾有點愣神，她極少聽到林昊青這般呼喚她的名，而後站起身來道：「少谷主？」

「下午我要去一趟戒律堂，這鮫人便先交由妳來馴服了。」

紀雲禾又是一愣。

「戒律堂？」她心裡打鼓。「是哪個馭妖師犯了事嗎？勞少谷主走動？」

林昊青正色點頭道：「今日早些時候，谷主在厲風堂時收到一封告密信，稱谷裡馭妖師雪三月與其奴隸離殊有私，谷主命我今日去審審雪三月。」

林昊青說這話時，語氣平淡，卻聽得紀雲禾渾身冰涼。

她仰頭靜靜地望著林昊青，努力不讓自己有任何表情，就像他所說的，雪三月是和自己完全沒有關係的人一樣。

但怎麼可能沒關係，在這個馭妖谷裡，誰人不知那雪三月就是紀雲禾的左膀右臂，也正是因為有雪三月的存在，紀雲禾也才能那麼快從谷主義女的身分，變成馭妖谷裡公認的最強馭妖師。

林昊青是說給她聽的，他這張客套、溫和的臉背後，藏著的是一個譏誚嘲諷的笑，充滿了發自內心的愉悅。

虛偽。

可紀雲禾卻沒辦法這般叱罵他，因為她也必須虛偽。

她佯裝困惑驚奇：「哦？雪三月怎會做出這般糊塗事？還請少谷主一定要審個明白。」

「這是自然。這鮫人嘴硬，下午就勞煩護法了。」林昊青言罷，轉身離去。

紀雲禾目送他離去，看他帶走了尾隨著他的那一堆助手。和昨天不一樣，今日他一個人都沒有留下，看起來像是紀雲禾就算今天讓鮫人開口說話，他也對這勝負無所謂的模樣。

而離開之際，林昊青微微一回頭，看見的卻是紀雲禾垂頭握拳的模樣。

他了解紀雲禾，一如紀雲禾了解他。

他和紀雲禾一樣，一眼就能看透對方那虛假的面具之下最真實的那一張嘴臉。

誰讓他們是那麼親密的，一起長大的「兄妹」呢……

林昊青微微勾起了唇角，鼻腔裡冷冷一哼，分不清是笑是嘲。

旁邊的助手對林昊青的做法萬分不解：「少谷主，您就這般留護法一人在裡面？昨日我等見護法的模樣，似乎……使的是懷柔之計，她若今天使手段讓鮫人開口說話了……」

「無妨，攻心計既是攻心，便來不快。今日她應當也沒有耍手段的心思。而且……」他頓了頓，目光放長，望向戒律堂的方向。「就算這第一局她贏了，也無所謂。」

沒有雪三月的紀雲禾，不過是被拔掉爪牙的貓，能翻起來什麼浪。

林昊青這想法卻並不是偏見。

如果失去雪三月，紀雲禾無異於遭受重創。

雪三月到底有多厲害，馭妖谷已經沒人知道了，眾人只見雪三月在滿了十六歲之後，與妖怪的對戰便從來沒有輸過，更別論期間四大馭妖地的馭妖師們前來討教交流，快十年的時間，無數場對戰，雪三月未盡全力，便能穩妥制敵。

是以雖則雪三月脾性暴烈，但馭妖谷中卻無人敢對她口出不遜，甚至連谷主也有意無意地縱容她。

她像是從五十年前走過來的馭妖師之魂，那般自由、熱烈、任性且無比強大，不可戰勝。這些特徵在她身上體現得淋漓盡致。

而正是因為她的不遜，所以她才敢冒天下之大不韙，愛上一個妖怪。

馭妖谷中，到底有多少人是因為雪三月的原因才支持紀雲禾坐上谷主之位，沒人知道，但可以肯定，若是雪三月出事，紀雲禾的地位必定一落千丈。

而此時此刻，紀雲禾拳緊握，眉緊皺卻並不全是因為未來將牽扯的利益，而是因為身為她朋友的雪三月，不知在那黑暗的戒律堂中遭受怎樣的審訊。

馭妖谷馭妖，刑罰手段太多種多樣了，他們不僅把這些手段用在對付妖怪身上，同樣也用在與自己不一樣的馭妖師身上。

她想得出神，是以在一抬頭間看見一雙冰藍色的眼眸正盯著自己，她竟有片刻的愣神。

四目相接，兩相無言地對視了許久，這妖怪也依舊沒有說話，紀雲禾苦笑道：「你身上的傷昨天才抹了藥，今天又撕扯出血了，別想在地牢癒合了。再這樣下去，你怕是要死在這地牢……」

鮫人看著她，即使聽懂她的話，眼神中也並無任何畏懼。

她沉默了一會兒。

「如果有機會，我真想放你走。」

這不是違心的話，紀雲禾打心裡欣賞這個鮫人骨子裡的堅韌，也對他的處境感同身受，宛如是同情這世上的另一個自己。

地牢中一人一妖隔著牢籠靜靜對視，沉默無言間，卻又相處得宜，難得的並不尷尬。

沒過多久，瞿曉星便找了過來。

「護法。哎喲，我的護法呀。」他來得急，讓牢裡的鮫人看向了他。觸及鮫人的目光，瞿曉星下意識地膽寒了一瞬，心下又是驚又是怕，只道這鮫人現在都被打成這副德行了，怎麼目光裡的殺氣還是十分懾人。他疾步躲到紀雲禾身邊，壓低了聲音湊到她耳邊道：「雪姑娘被抓了！」

「我知道。」紀雲禾答得冷靜。

瞿曉星一愣。「您老知道還老神在在地站在這兒幹啥，不想想辦法救人呀。」

紀雲禾唇角一緊。「谷主下的令，讓林昊青去審人，你讓我想什麼辦法？」

瞿曉星一愣，反應了一會兒才道：「您是說……這次是谷主的意思？這時候審了雪姑娘，豈不是證明谷主對您……」

那老東西明明從來都是針對她，只是其他人不知道罷了。紀雲禾擺擺手說：「去查查這事兒到底是誰給谷主遞的密信，還有，離殊現在和雪三月是被分開關著的嗎？」

「沒有，戒律堂裡還在審呢，都還沒被關起來。」

紀雲禾皺了眉頭。「審這麼久？」

「對呀，少谷主令雪三月與其奴隸斷絕關係，再對那貓妖懲戒，雪姑娘不肯，那邊還僵持著呢……」

妖怪與馭妖師之間締結的主僕協議其實更像是一種詛咒，對於臣服的妖怪來說，成為馭妖師的奴隸不僅會折損自己的一部分妖力，還將永遠受制於主人，除非主人願意解除這個詛咒，否則他將永生永世都臣服於主人的血脈之下。

即使主人身死，他也將永遠為他的兒子、孫子、子子孫孫……為奴為僕。

所以幾乎沒有妖怪願意與馭妖師之間締結這樣的協議，除非戰敗，被迫或者當真被馭妖師完全馴服，還有像之前雪三月那樣……

這個妖怪愛上了馭妖師。

而締結協議的同時，妖怪也會受到馭妖師的保護，從此不會再被其他馭妖師獵殺。

這是自古以來馭妖師之間的規矩，林昊青如果想要處置離殊，自然也要遵守這樣的規矩，只是，將妖怪都當作牲畜一樣的馭妖谷裡，大概沒人會想到雪三月會有這麼大反應吧。

關於雪三月收的這貓妖，紀雲禾其實並沒有多少了解，這麼多年了，雖然雪三月說著離殊每次除妖的時候幫了她多少多少忙，但馭妖谷中的人真正看見離殊動手的時間卻少之又少。

可紀雲禾知道，這貓妖不會弱，她沒有和他動過手，但是見過數千隻妖怪的直覺就是這樣告訴她的。

貓妖離殊，從頭到尾都沒有顯露過自己真正的實力。

他就這樣眼睜睜地看著雪三月被抓進戒律堂裡了？

紀雲禾心裡有些打鼓，不由得想到多年以前，她在與雪三月熟悉起來之後，出於對強大妖怪的好奇，她曾在離殊離開的空隙悄悄問過雪三月。

「妳不是說妳不會馴妖嗎？又是從哪兒逮的這麼一隻妖怪，一看起來就難以接近且力量強大。」她十分好奇。「怎麼讓他臣服的？」

雪三月看著精，然而關於他人的心思卻從來不會揣摩，所以她也沒辦法成為紀雲禾這樣的馭妖師，她只能靠她引以為傲的力量去征服。

當年的雪三月面對紀雲禾的問題只是撓撓腦袋說：

「不知道，就是……遇見他的時候我正在抓另一隻妖怪呢，好像不小心闖進他的地盤裡了。當時我受了點傷，撞見他的時候以為自己死定了，沒想到他還救了我。」

得到這樣的回答，紀雲禾其實是有點懵的。

「他？救了妳？」

雖然紀雲禾與離殊的接觸不多，但她能很敏銳地察覺到，這個貓妖其實是不喜歡馭妖師的，甚至可以說，他並不喜歡人。

「他為什麼救妳？」

「我也不知道，後來也問過，他只說了一句『恰似故人歸』。」雪三月答得有幾分漫不經心。「大概我像他以前認識的什麼人吧。」

「哦？就憑這點，他就甘願與妳回馭妖谷，作妳的奴隸？他有自己的地盤，想來不會是什麼小妖怪吧，氣質也這般高貴凜冽，以前的身分必定不簡單……」

「嗯，妳這問題我也問過。」雪三月搶了紀雲禾的話。

直到現在，紀雲禾也記得當日風和日麗，暖風和煦，向來冷臉的雪三月在說這話時那一臉溫柔的模樣。

她說：「離殊說他喜歡我。」

是個完完全全墜入了愛河的小女孩的模樣。

而或許正是因為當局者迷吧，雪三月追問到這一步就沒有再繼續追問過離殊，而站在一旁的紀雲禾卻至今都在思考這個問題——

為什麼呢？

為什麼這個貓妖會喜歡雪三月，喜歡到甘願放棄自己的過往一切，來作她的奴隸呢？就是因為「恰似故人歸」嗎？

如果只是因為雪三月像他的故人，他就救了她，愛上她，甚至甘願成為她的奴隸，那離殊愛的，恐怕只是那個故人吧。

而這些話，她沒辦法再對雪三月詢問出口。

直至今日，雪三月被押入戒律堂，而那陪伴她多年的貓妖，竟然沒有做任何阻攔？連這地牢裡關押的奄奄一息的鮫人昨日拚死一搏都能將地牢給折騰得動搖，那毫髮無損的貓妖卻一點動靜也沒鬧出來？

紀雲禾正想著，卻倏爾覺得大地猛地一抖。

她一愣。

「雪三月瘋了！」

地牢之外倏爾傳來一人大呼之聲：「傳谷主令！護法立即前往戒律堂！」呼喝聲越來越大，一直往地牢裡傳來，直至來人氣喘吁吁地跑到紀雲禾面前，單膝跪下，抱拳傳令：「傳谷主令！護法立即前往戒律堂！」

紀雲禾雙眼一瞇，邁步便向地牢之外而去。

然而隨報信人走到一半，紀雲禾回頭看了鮫人一眼，只見地牢之內，那鮫人孤零零地被吊在其中。

彷彿永遠冰凍的表情依舊毫無波瀾，只是那眼神靜靜地追隨著紀雲禾。

紀雲禾：「把那鎖鏈放下，讓他在地上躺會兒。」

紀雲禾對瞿曉星留下這句話，便匆匆而去了。

鮫人在牢中看著紀雲禾的身影離開，也不再管留下來的瞿曉星如何糾結。他閉上眼睛，不再關心周遭甚至是自己分毫，宛如入定老僧，沉寂無言。

第三章 血祭十方

紀雲禾趕到戒律堂前的時候，平日裡看來威嚴無比的大殿此時已經塌了大半，雪三月兩隻手上戴著手銬，然而中間相連的玄鐵鍊已經被她扯斷了。

她被離殊攬在懷裡，似乎肩上受了傷，表情有些痛苦。

在他們面前，一個馭妖師橫屍於地。

紀雲禾心道不妙。

「雪三月。」在雪三月與離殊對面的林昊青開了口：「妳的貓妖殺了我谷中馭妖師，妳若是再包庇他，便是我馭妖谷的叛徒，也是馭妖師中的異類，我可以剝奪妳馭妖師的身分，妳和這貓妖，今日誰都別想活了。」

林昊青抬劍，直指雪三月。

「這是我給妳的最後一次機會。」

「呵。」雪三月一聲冷笑。「這機會，我不要。」

雪三月雖然虛弱，但她這話說得卻十分清晰，她目露寒芒，毫無退卻之意。

離殊看著雪三月，攬住她肩頭的手又緊了一瞬。

林昊青聽聞此言，嘴角勾起了一抹微笑。他自然是歡喜的，有了雪三月這句話，他就可以明目張膽地砍掉紀雲禾這隻左膀右臂。

「好，那今日，妳便休怪我不顧往日同僚情義……」

「少谷主！」紀雲禾眼看林昊青要動手，一聲高呼，喚住了他。

眼見紀雲禾前來，林昊青眉目微沉。

「護法今日莫不是要護著這叛徒和妖怪吧？」

在林昊青身後，所有馭妖師都看著紀雲禾，誰人不知紀雲禾與雪三月的關係，林昊青的人都睜著眼睛等著抓她的把柄。

紀雲禾看了雪三月一眼，兩人眉眼相觸，紀雲禾沒有與她多說一言，回過頭盯著林昊青，到林昊青耳邊輕聲言道：「少谷主，雪三月與這貓妖功法如何你我都心中有數，與她相鬥，必定損失嚴重，馭妖谷正是用人之際，不如……」

林昊青嘴角微微勾起，他微微側過臉龐，唇瓣在紀雲禾的耳邊用極輕的聲音說：「不如，不要裝了。」

紀雲禾一愣，抬頭看林昊青，林昊青用口型說著：「今天，她一定得死。」

紀雲禾雙目微瞠，雪三月在那方也看到了林昊青的口型，她冷笑一聲：「少谷主，你這是等了多少年了。」雪三月握著劍，在離殊的支撐下站穩身子。她抬劍直指林昊青。「那便別廢話了。紀雲禾，今日妳敢攔我，我便連妳也殺。」

紀雲禾望向雪三月。

她怎麼會不懂雪三月的心思。雪三月知道今天自己多半是離不開這馭妖谷了，所以她這話，是說給大家聽的，她在撇清自己與紀雲禾的關係，未免她死之後，馭妖谷再追究紀雲禾的過錯。

紀雲禾攥緊拳頭。她咬牙沉思解救之法，一定要有解救之法，雪三月不能死在這裡……便是這生死之際，忽然之間，一直沉默不言的貓妖離殊忽然眉眼一抬，異色的眼瞳之中光華流轉，他周身妖氣蔓延，令戒律堂四周的溫度登時驟減三分。

春日暖風徐來，拂過離殊身側，卻似自臘月吹來一般冷冽。

紀雲禾怔然看著離殊，她一直都知道，貓妖離殊不會弱，但今日離殊散發出來的這鋪天蓋地的妖氣，還是超過了紀雲禾的想像。

所有馭妖師都躁動了起來，連林昊青也有些震驚。

在妖怪與馭妖師締結主僕協議的時候，妖怪會將自己的一部分力量渡給馭妖師，這既是送「主人」的禮物，也是象徵自己的臣服……在割讓自己的妖力之後，還會有這般氣息的妖怪，紀雲禾從沒見過。

離殊的話很少，紀雲禾很少見到離殊對雪三月以外的人多說一句話，即使是紀雲禾。

但現在，離殊卻微微張開了唇道：「三月，妳一直想離開馭妖谷，今日便離開吧。」

雪三月轉頭看著離殊，神情也有幾分猝不及防。

離殊定定看著雪三月，眸中的堅定似早篤定會有今日。

他說：「我幫妳毀了馭妖谷。」

林昊青聞言冷哼一聲：「馭妖谷百年根基，豈是你這妖怪說毀就毀？」

而今馭妖師雖然被朝廷分別控制在東南西北四處隱密之地，但和其他三個地方不同，馭妖谷建立起來，並不是因為朝廷的意願。

百年前，巨妖鸞鳥橫空出世，鸞鳥妖力強大，擾得天下蒼生不得安寧。

一名大馭妖師聯合九名天下聞名的馭妖師，將鸞鳥誘入此谷，與鸞鳥相鬥十日，終以十人之血成十方陣法，以命相抵，封印鸞鳥。

世人稱巨妖鸞鳥出世為青羽之亂，在青羽之亂後，人世再無妖怪能橫行世間。而後馭妖師們建馭妖谷以祭奠十位馭妖師，且固守十方陣，以防他日鸞鳥逃出。

而後大國師研製出了「寒霜」之毒，掌控了馭妖師，從而將馭妖谷變為朝廷掌控馭妖師們的工具。之後皇家又仿效馭妖谷的模式，建了北方的馭妖台、東方的馭妖島以及西方的馭妖山。但凡有人誕下擁有馭妖能力的孩子，統統都會被送到這四個地方來，與父母分隔，方便朝廷看管。

直至今日，幾乎已經沒有人記得馭妖谷最開始是怎麼來的，大家都只知道這四個地方是「關押」馭妖師們的場所。

林昊青口中馭妖谷的百年根基，便是那傳說中的「十方陣」，這陣法能壓制進入谷中的妖怪們的妖氣，使整個馭妖谷猶如那被大國師貼滿符咒的囚籠一樣，入谷之妖，皆受束縛。

是以，在馭妖谷中得見離殊今日的妖氣，不得不令人震驚。

那日鮫人在地牢之中的垂死一擊已讓紀雲禾感慨他乃大海之魂，而今日這貓妖離殊……

未讓紀雲禾思考更多，離殊周身妖氣越發濃烈，寒風似刃，刮過馭妖師們耳邊，修為稍弱的馭妖師已經被這風刃切破了皮肉，身上血流如注。

紀雲禾身後馭妖師們的慘叫不絕。

林昊青目光一凜，未再猶豫，手中運功，在劍中注入法力，向著離殊狠狠一揮。

劍氣化刃，破開寒風，直直砍向離殊。

雪三月一驚，剛要抬劍來擋，便被離殊按住。只見離殊立於原處，宛如山峰，巍然不動，那劍氣之刃砍到他的面前，便如撞上一堵透明的牆，只聽「轟」的一聲，劍氣之刃轟然碎裂，氣息蕩出，橫掃馭妖谷，所到之處，摧枯拉朽，令花草樹木盡數摧折。

紀雲禾再是一驚，卻不是為離殊，而是驚訝於林昊青……

這少谷主，幾時修得功法如此高深……

「離殊？你要做什麼？」雪三月仰頭問離殊。

離殊未做其他回答，只沉默片刻之後道了兩字：

「抱歉。」

雪三月怔然。

只見離殊一手化氣為刃，在自己心口倏爾捅下一刀。

眾人震詫之際，離殊手離開心口，心頭血猛然噴灑而出。離殊推開雪三月，以血為墨，以指為筆，畫血陣於地，他周身妖氣翻湧，由無色化為紅色，在血色之中，他衣袂翻飛，髮絲隨妖氣狂舞不止。

宛如地獄閻羅。

「青羽鸞鳥，吾以吾身，血祭十方，助妳破陣！」

所有人聽聞此言皆是大驚失色。這貓妖離殊竟然要用自己的命祭陣！要復甦巨妖鸞鳥！

「離殊！」

雪三月的聲音，此時似乎已經無法傳入離殊耳中。

離殊心口血流如注，被陣中狂風撕碎在空中，眾人腳下大地倏爾顫抖起來，宛如一場地震，在離殊陣法前方，大地陡然裂開一條幽深的縫隙，縫隙之中的風聲好似陣陣厲鬼惡嚎，又好似地底之下那巨妖被壓抑百年的憤怒嘶吼，令人膽戰心驚。

「眾人聽令！列陣！」林昊青在風聲之中大聲呼喊：「今日便是拚上性命，也絕不能讓巨妖鸞鳥從馭妖谷中逃出！」

勢態發展至此，雪三月的背叛、紀雲禾與林昊青的谷主之爭都已經不再是重點。對於百年前十位馭妖師與鸞鳥的惡戰，在場的人未曾目睹，但巨妖鸞鳥所造成的生靈塗炭，在場之人皆有耳聞……

所有馭妖谷的弟子皆祭出法器列陣以待，而便在這時，所有人都沒有想到，離殊陣法前的那道裂縫，竟然以迅雷不及掩耳之勢飛速擴大！

大地震動，幾乎讓紀雲禾也站不穩腳步。裂縫往前延伸，猶如盤古開天闢地的一斧子，將整個馭妖谷一分為二！連帶著天上素來透明的陣法都被一瞬擊碎，陣法破裂，如下了一場細碎的雪，在馭妖谷中漫天飛舞。

不少馭妖師一時不察，掉入深淵，有人想要御劍而起，卻被深淵之中的狂風颳得不知所蹤。

紀雲禾御劍而起，她順著裂縫延伸的方向望去。如果她沒想錯，這應該裂到了囚禁那鮫人的地方，如此大的動靜，必然能使那地牢四分五裂甚至坍陷，但那鮫人……

應該是跑不掉的，他現在根本沒有力氣。

未等紀雲禾多想，鮫人囚籠那方歪歪斜斜御劍而來一人，是瞿曉星，他隔了老遠就開始喊：「護法！護法！」

待得近了，紀雲禾卻是一把將他推開。

「你來幹什麼！」

「我來看看啊……這……」

話音未落，只聽一聲直入長空的鳳鳴自深淵之中傳出。

青羽鸞鳥……被喚醒了。

*

所有人包括雪三月，皆是一臉錯愕。

誰都沒有想到！誰能想到！身為一個馭妖師的「奴隸」，這貓妖離殊居然膽大包天！敢復活青羽鸞鳥！

「雪三月！妳還愣著做什麼！」林昊青御劍而起，立在空中，撐出結界讓自己能在狂風中立足。他在聲音中灌入法力，使他的言語能突破狂風呼嘯傳到每個人耳朵裡。「還不快阻止他！」

離殊和雪三月締結過主僕契約，離殊是沒辦法違背雪三月的話的，只要雪三月以主人之言靈命令離殊，就算要離殊當場自盡，他也絕不能反抗。

但雪三月沒動。

紀雲禾也在狂風之中撐出結界，護著自己與瞿曉星。

瞿曉星在她身邊急得撓頭。「三月姊！哎呀！別的事倒罷了，這是要放鸞鳥出世啊！鸞鳥一出必然生靈塗炭啊！三月姊怎能放任貓妖行此錯事！」

紀雲禾靜靜地看著雪三月，旁人不懂雪三月，但紀雲禾懂。

她深愛離殊，像戲文裡說的那樣，教人生死相許。甚至在離殊以命相搏，行自己的「陰謀詭計」的時候，她也不忍打斷。

「雪三月！這不是妳兒女情長的時候！」

地底鳳啼打斷林昊青的話語，大地震顫更加厲害，裂縫越來越大，所有的一切都在雪三月眼前撕裂。

但雪三月只靜靜地看著離殊，望著他的側臉，在血色翻飛的陣法之中任由狂風拉動她的衣袂與眉眼。

「你是不是……一開始就有這樣的打算？」

離殊咬著牙，陣法喚醒青羽鸞鳥的同時，也在吸食離殊的生命。

吾以吾身，助妳破陣，便是以命破陣這般決絕的意思。

「喚醒青羽鸞鳥，打破十方陣法，一朝一夕根本做不到。」

雪三月聲音很小，在狂風之中，她也沒有在乎離殊有沒有將她的話聽入耳朵裡，她定定看著離殊，像是在說給他聽，也像是在說給自己聽。

「要打破十方陣，須找到十個陣眼，方能血祭成功。離殊……你在馭妖谷中找到了十個陣眼，花了多少時間？為了放她出來，你不要命了……也不要我了？」

離殊雙眼血紅，似是根本沒將雪三月的話聽在耳朵裡。

「為什麼？」

像是要回應雪三月的質問，一聲鳳啼震徹天際，裂縫兩端的大地猛地隆起！

一時間，空氣陡然靜止，宛如夢境一般。紀雲禾眼前，一隻青色長羽緩慢地飄過，羽色翠青，似將九重青空煉在這一長羽之中。

「轟！」一聲巨響，青羽鸞鳥陡然破土而出！

鸞鳥展翅，其翼如雲，扶搖直上，一時間狂風大起，雲霄皆亂。馭妖谷內草木摧折，山石騰空，陰影在馭妖谷眾人頭頂盤旋而過，青羽遮蔽日光，馭妖谷皆籠罩在青羽鸞鳥的陰影之中。

忽然，陰影散去，鸞鳥所在之處，霽藍的光華大作，似爆裂一般破碎在日光之中。

紀雲禾也忍不住用手遮擋了這強烈的光輝，而在光芒散去之後，日光之中，一青服女子長髮翻飛，隻身立於空中。

女子身形婀娜，而容貌……

竟與雪三月七分相似。

雪三月轉述給紀雲禾的那一句「恰似故人歸」瞬間找到了出處。

原來，是這個意思啊。

原來，是如此這般的恰似故人歸。

在所有人都仰望重臨人世的青羽鸞鳥之時，獨獨紀雲禾望向了雪三月所在的地方……

離殊的陣法已黯淡，猶如離殊的生命。他靜靜跪在地上，仰望著灼目的太陽，一如仰望自己的信仰。他唇角含笑，不似生命即將凋萎，而似見了那三月暖陽，冰雪消融，春花漸開。

他身側的雪三月也望著那日光。

可雪三月臉上血色盡褪，是一片恍悟後的蒼白。

「鸞鳥剛出世！趁其虛弱，殺！」

林昊青卻根本不理這三人之間的愛恨糾葛，他執劍而立，一聲令下，尚且清醒的馭妖谷眾人立即御劍而上，在半空之中組成了一個金色陣法，陣法好似一個圓形的囚牢，將青羽鸞鳥困在球形陣中。眾馭妖師吟誦咒語，球形陣法之中金光大作。

「呵。」青服女子倏爾勾唇，邪邪一笑，一言未發，只抬手打了個響指，清脆一聲，空中數百名馭妖師結成的陣法應聲而碎，所有人非死即傷，宛如塵埃一樣被吹得四散而落。

「哎，現在的馭妖師竟然想用這麼低級的陣法控住我？」

青服女子從空中泰然落下，腳一沾地，長風滌蕩了馭妖谷中所有的塵埃。

她一步一步向離殊走去。她的面容與雪三月七分相似，步伐卻是雪三月從未有過的妖媚婀娜。

「離殊，他們莫不是瘋了？」

離殊看著她，張口要說話，卻猛地湧出一口血來。

青服女子一愣，腳下步伐加快，似風一般停在了離殊面前。

「小離殊。」她輕撫離殊的面龐，在雪三月的注視下，兩個舊識妖怪就像一對故事裡走出的璧人。「你拿命救我？」

雪三月看著他們，彷彿在看戲文裡的故事。

離殊忽然伸出手，一把抓住了雪三月。雪三月在猝不及防之中，被拉入了這齣故事裡。

離殊一把將雪三月拉到身邊，而這個動作似乎耗掉了他僅有的力氣。他喘了好半天，咳了很多血，終於擠出一句：「青姬，帶她走。」

青姬看了一眼雪三月，一時愣住。

雪三月倏爾一笑：「離殊，你讓我像個笑話。」

離殊不言，沉默地望著雪三月，血色在他臉上已全然褪去，他控制不住身體，慢慢向後仰去。

「抱歉。」

只有這兩個字，再沒更多解釋。

貓妖倒在了地上，驚起地上的塵埃。

青姬微微一聲輕呼：「啊……」她有些遺憾。「累你捨命救我。」

可這些遺憾，聽在雪三月耳朵裡，就像……

「妳也像個笑話。」

妖怪身死，化塵土而去，越是強大，越是化歸無形，不留絲毫痕跡。

雪三月看著身形慢慢化為塵埃消散的離殊，呼吸好似跟著他一起停止了一般。

青姬一揮衣袖，地上塵埃飛上天際，消失無痕，卻有一粒兩粒拂過雪三月臉頰，似有餘溫，仍能灼得人心生疼。雪三月身體微微一顫。青姬將她的手握住。

「離殊遺願，我必幫他達成。我帶妳走。」

雪三月垂頭看著青姬的手，還未來得及作答，旁邊倏爾殺來一道長劍。

「誰都別想走！」

竟然是谷主妖僕狐妖卿舒前來。在卿舒之後，還跟著數名馭妖師，連林滄瀾也坐著輪椅，親臨此處。

瞿曉星這時才從剛才的事情回神一般，猛地拉了紀雲禾一把。

「谷主來了！護法，您趕緊上去，在谷主面前表現表現！」

紀雲禾看了林滄瀾一眼，又左右一探，此時此刻，谷中所有馭妖師皆是望著青羽鸞鳥與雪三月那方。

林滄瀾低沉的聲音在整個馭妖谷中響起。

「放走鸞鳥，罪無可恕，此妖與雪三月，皆誅。」

「得令！」

馭妖師們的回答也響徹谷中。

青姬卻是輕輕一笑：「好啊，讓老身活動活動筋骨。」

瞿曉星又著急地推了紀雲禾一把。

「護法，快上啊！三月姊這次在劫難逃了！您也只有現在才能去掙個表現了。」

「瞿曉星。」紀雲禾轉頭，面色是從未有過的鄭重。「走。」

「啊？」

「想離開馭妖谷，現在，是天賜之機。」

瞿曉星愣了。

「護法……您這是……」他話都不敢說出來，只能用口型道：「想跑啊？」

對，紀雲禾想跑，但並不是靈機一動。她審視如今情況，林滄瀾帶著所有馭妖師皆在此處，畢竟放走青羽鸞鳥，馭妖谷必定面臨朝廷責罰，他肯定會全力以赴。但自大國師以毒藥控制馭妖師以來，這天下能對付鸞鳥這樣大妖怪的馭妖術早已失傳，即使集所有馭妖師之力，也不一定能與這鸞鳥一鬥。

所以這一戰，必輸。

但鸞鳥初醒，力量未恢復，必定也不會久留，她亦是沒有精力大開殺戒。

所以，對紀雲禾來說，這是最好的離開機會。

除了雪三月和瞿曉星，馭妖谷中沒有人明面上偏向紀雲禾，此一役中，雪三月會被帶走，紀雲禾只要讓瞿曉星離開，趁機去谷主房間偷得解藥，就可以走了。

這之後，馭妖谷傷亡慘重，又將迎來朝廷的責罰，必將大亂，無力追殺他們三人。

此後天大地大，海外仙島皆可去，不必再作這谷中囚徒。

紀雲禾將所有事情都理得清楚。

她靜靜看著林滄瀾，只見林滄瀾一揮手，一聲令下，所有馭妖師對青姬群起而攻之。

紀雲禾看了一眼雪三月，將瞿曉星一推。

「走。」

他們所想要的自由，這之後，便都不再是夢了。

＊

馭妖師與那青羽鸞鳥在空中戰成一團，各種法器祭在空中，無人在關注一旁的紀雲禾與瞿曉星。

瞿曉星拉了拉紀雲禾，小聲說：「護法，咱們一起跑啊！」

紀雲禾看了眼人群之中的雪三月，雪三月坐在離殊化塵之地，半分未動，她身邊是青姬布下的結界，馭妖師們傷不到她。此時也沒有人想殺她，大家都看著青羽鸞鳥。殺了這隻鸞鳥才是一等大功。

馭妖谷的馭妖師們在多年來朝廷的培養下，早已不是當年俠氣坦蕩的模樣，此時此刻，他們也是嘴上喊著拯救蒼生的口號，手裡幹著搶功要名的事，想從朝廷那兒討到好處。

紀雲禾確定雪三月不會出事，轉身拎起瞿曉星的衣領。

「你出谷，掐這個法訣，與花傳信，洛錦桑聽到後會來接應你。她在外面待得久，門路多，我在谷中尚有要事，辦完後自會出來尋你們。」

「洛錦桑？天生會隱身術的那個？她不是早死了嗎……哎……護法您還要做啥？」

「快走。」紀雲禾不欲與他廢話，推了他一把，轉身向林滄瀾的住所而去。

青羽鸞鳥出世之時幾乎將馭妖谷整個顛覆了，地上溝壑遍布，山石垮塌，房屋被毀，原先清晰的山路也已沒了痕跡。

紀雲禾尋到林滄瀾住所之處，所見一片狼藉。即使是谷主的房子，在這般強大的力量下也變成了一堆破磚爛瓦。紀雲禾看著這一堆磚瓦，眉頭緊皺。即使是在房屋完好無損的時候，她要找林滄瀾藏起來的解藥怕是也不易，更何況這一堆破瓦之中……

但無論如何，還是得找。

馭妖谷之上，鸞鳥與眾馭妖師的戰鬥還在繼續，震天的啼叫片刻不止，這對紀雲禾來說是好事，越是激烈，越是能給她更多的機會。

紀雲禾抬手，口中誦唸法訣，殘破的磚瓦在地上微微顫動，一塊一塊慢慢飄到了空中。沒有人會注意到她，所以，她也不用再掩飾自己。

紀雲禾伸出微微握拳的手，在空中驀地張開五指，飄浮起來的磚石宛如被她手中無形的絲線牽引著一樣，霎時散開。

每一塊磚、瓦、木屑都在空中飄浮著。紀雲禾動動手指，它們就在空中尋找自己的位置，直到瓦片回到了「房頂」上，梁柱撐起了「屋脊」，每一個破碎的部件都找到了自己本來該待的地方，但是以間隔的形式。每一塊磚石之間都留出了足夠大的位置，讓紀雲禾在破碎的「房屋」之間穿梭。

房子彷彿被炸開一樣，撕裂成了小部件，以立體的方式在空中重組。

紀雲禾就這樣在各種飄起來的碎片之間尋找能續她命的解藥。

她手指不停動著，宛如操縱木偶的提線師，將不要的東西一一排除，速度極快，沒有一會兒，這間破碎的飄起來的「房子」就被她「拆」得只剩下一個書架了。

林滄瀾的書架，紀雲禾以前來向林滄瀾彙報的時候見過許多次，但沒有一次可以碰到。

她走到書架下方，動動手指，破成三塊的書架飄了下來。在一塊木板上，「長」著一個盒子。

在如此激烈的地動之下，這個盒子也沒有從書架上掉下來。

紀雲禾勾了一下唇角，抬手去取，但手指還沒碰到盒子，就猛地被一道結界彈開。

還給這個小物件布了結界？護得這麼嚴實，想來就算不是解藥，也定是林滄瀾不可見人之物。

紀雲禾目光一凜，抬手便是一記手刀，狠狠砍在盒子外的結界上。

破了結界，林滄瀾必定被驚動，但此時鸞鳥在前，林滄瀾絕對也脫不了身，只要不給他找她算帳的機會就行。紀雲禾心中有些雀躍，被林滄瀾這個老東西壓榨了這麼多年，這次，總算找到機會讓他吃個啞巴虧。

「轟」的一聲，結界破裂，紀雲禾沒有猶豫，立即打開盒子。

不出所料，盒中放著的，正是林滄瀾每月給她一次的解藥！

粗略一數，這盒子裡面放著的，上下三層，竟有五十來顆。

五十來顆！

一年十二個月，算算就算她什麼都不幹，也能靠這盒藥活個三年五載。外面世界天大地大，紀雲禾不信這麼長時間，還找不到研製出這藥方的辦法。

她將盒子往懷裡一揣，轉身便御劍而起，背對著谷中尚存的所有馭妖師，向谷外而去。長風大起，吹動紀雲禾的髮絲，她絲毫不留戀，解下腰間每個馭妖師都會佩戴的，象徵馭妖師身分的玉佩，隨手一扔，任由白玉自空中墜落，就連它碎在何處，紀雲禾也懶得去看了。

她御劍而起，紀雲禾以為自己對馭妖谷不會再有任何留戀，但當她飛過囚禁鮫人的地牢之時，卻忍不住腳下一頓。

她御劍停住，不知為何，腦海中卻陡然閃過那鮫人美得過分的眼眸。

紀雲禾回首一望，那方鸞鳥還在與眾馭妖師亂鬥，鸞鳥到底是百年前天下聞名的大妖，即使是初出封印，對付現在的馭妖師們也是遊刃有餘，只是林滄瀾和他的妖僕纏得她有些脫不開身。

這一場爭鬥，一時半會兒還停不下來。

紀雲禾在馭妖谷多年，託林滄瀾的福，她深知自保和自私的重要性，可此時……

「就當是再送林滄瀾一個大麻煩。」

紀雲禾給自己找了個理由，御劍直下，鑽進已經沉入地底縫隙之中的地牢。

貓妖離殊破了十方陣，這道谷中的裂縫極深，紀雲禾趕著時間，急速往下，御劍了好一會兒，也沒看見原先的地牢在何處，倒是地面上的光離她越來越遠，地底深淵之中的溼寒之氣越發厚重。

紀雲禾回頭望了眼地面上的光，她御劍太快，這一會兒那光已經變成了一條縫，四周黑暗幾乎將她吞沒。

再往下走，更是什麼都看不見了，這地底裂縫深且寬，幾時能找到那鮫人囚牢？外面的鸞鳥與馭妖師們相鬥，總會結束，她現在耽誤不得時間。

紀雲禾心中猶豫，卻不甘心地又御劍往下找了片刻。

「鮫人！」紀雲禾忍不住呼喊出聲，她的聲音在巨大的縫隙之中回回蕩蕩，卻並沒有得到回應。

紀雲禾失望地吐出一聲嘆息，正要向上之際，忽然間餘光瞥見一抹淡淡的冰藍色光華，光華轉動，宛如深海珠光，十分誘人。

紀雲禾倏爾回頭，卻見前方十來丈的距離又有一絲光華閃過。紀雲禾心中燃起希望，她立即御劍前往，越靠近那光華所在，御劍速度便越發慢了下來。

終於，紀雲禾的劍停了下來。

她停在了鮫人面前。

這個鮫人，他所在的地牢整個沉入地下，現在正好被嵌在一處裂縫之中，玄鐵欄杆仍在，將他困在裡面。

但他不驚不懼，坦然坐在這地底深淵的牢籠之中，巨大且美麗的尾巴隨意放著，鱗片映著百丈外的一線天光，美得不可方物。

鮫人隔著欄杆看著她，神色自若，彷彿紀雲禾剛才的那些匆忙和猶豫，都是崖壁上的塵土，拂拂就吹走了。

紀雲禾在這黑暗深淵看著他，終於彷彿見了深海中，他原來模樣的萬分之一——隨意的，美麗的，高傲的，泰然自若的模樣。

四目相接，就算環境荒唐地變了個樣，但他的眼神和之前並無二致。

紀雲禾不由得失笑：「哎，你這大尾巴魚，可真讓我好找。」

＊

玄鐵牢籠堅不可破，即使是紀雲禾，也難以將玄鐵牢籠撼動分毫，但好在這牢籠整個掉下，玄鐵穿插其中的山石並沒有那麼堅固。

紀雲禾未花多少工夫就用劍在牢籠頂上的山石裡鑿了個洞出來。碎石有的滾入萬丈深淵，有的掉在鮫人身上。紀雲禾透過洞口，垂頭一看，牢裡的鮫人一動不動，攤著尾巴坐在下面，連身上的灰都懶得拍一下。

他只仰頭望著紀雲禾，神色中，有一分打量，一分奇怪，剩下的全是無波無浪的平靜。

紀雲禾鑿了一頭大汗，滿臉的灰，看到鮫人這個眼神，她有些好笑。

「真是皇帝不急太監急，大尾巴魚，你到底想不想出來呀？」

鮫人腦袋微微偏了偏，眼中又添了幾分困惑，他好像在奇怪，不懂紀雲禾在做什麼。

紀雲禾嘆了口氣，覺得這鮫人長得美，力量大，但腦子卻估摸著有些愚鈍……所以才會被抓吧。

「算了。」紀雲禾趴下身，伸出手，探入自己鑿出的出口裡。「來，我拉你出來。」

鮫人依舊沒有動。

在紀雲禾以為他其實並不想走的時候，鮫人終於微微動了動尾巴。

蓮花一般的巨大魚尾拂過地上的亂石。他微微撐起身子，地底死氣沉沉的空氣彷彿因為他的細微動作而流動了起來。

細風浮動，撩起紀雲禾的髮絲，也將崖壁上滲出的水珠掃落。

水珠擦過紀雲禾臉頰，在她臉頰一側留下如淚痕一般的痕跡，隨即滴落在鮫人魚尾之上。

一時之間，鮫人魚尾上的鱗片光澤更是動人。

細風輕拂之際，在這虛空之中，鮫人宛如乘上了那一滴水珠，凌空飄起，魚鱗光華流轉，魚尾飄散如紗。他憑空而起，宛如在深海之中，向紀雲禾游來。

伸出手的紀雲禾便這樣看呆了。

這個鮫人，太美了，美得令人震撼。

鮫人借滴水之力，浮在空中，慢慢靠近紀雲禾伸出的手，但他並沒有抬手握住紀雲禾的指端，首先觸碰到紀雲禾指端的，是鮫人的臉頰。

他並不想與紀雲禾握手，直接向洞口飄來，臉頰觸碰到了紀雲禾的指尖，並非故意，卻讓紀雲禾感覺自己彷彿觸碰到了天上神佛的面容一般，竟覺有一絲……不敬？

紀雲禾連忙收回自己的手，在山石之上站起身來。

鮫人也從她鑿出的洞口中飄了出來，他浮在空中，蓮花一樣的巨大尾巴在空中「盛開」，鱗片流光轉動，冰藍色的眼眸也靜靜地盯著紀雲禾。

饒是在這般境地下，紀雲禾也有幾分看呆。

這鮫人……一身氣息太過清淨。

他在牢籠裡奄奄一息時，紀雲禾沒有察覺，現在卻是讓紀雲禾覺得自己……好似站在他面前都是冒犯。

紀雲禾只在畫卷書籍之中，見過被世人叩拜的如仙似神般的妖怪。這些年，她在馭妖谷馴服的妖怪數以萬計，像這鮫人這般的……一個也沒見過。

也不知道那順德公主到底是吃了什麼熊心豹子膽，居然敢對這般妖怪動私心。

「走吧。」回過神來，紀雲禾以御劍術將劍橫在自己腳下。她踩上了劍，回頭看了鮫人一眼。「你自己飄出去，還是需要我帶你？」

鮫人看了看她腳下的劍，思索片刻，卻是向紀雲禾伸出了手。

大概是……他力量還太弱，還是讓她帶他一程的意思？

紀雲禾如是理解了，一伸手，握住了鮫人的手。

鮫人猛地一愣。

紀雲禾的手溫熱，鮫人的手微涼。鮫人眼睛微微睜大，似乎對人類的體溫感到陌生。

紀雲禾手臂用力，猛地拉了鮫人一把，卻沒有拉動。

兩人都飄在黑暗的空中，四目相接。

紀雲禾有點懵。「你這是何意？」

鮫人還未做出回答，忽然之間，深淵之下，金光一閃。

紀雲禾垂頭往下一望……

「不好……那老頭要重啟十方陣！」

十方陣被破，但根基仍在，歷任馭妖谷都會口傳十方陣陣眼與成陣術法，現在林滄瀾雖無法完全重塑十方陣，但憑他，若是拚命一搏，全力調動十方陣剩餘法力，用以對付青羽鸞鳥卻是可行的！

紀雲禾與鮫人所在的這個地方，正是離殊破開十方陣時裂開的深淵，可見十方陣陣眼便在深淵下方。

此時林滄瀾調動十方陣的力量，雖是為了對付鸞鳥，但陣法力量所到之處，對妖怪都有巨大的傷害！

「走！」紀雲禾手臂再次用力，想將鮫人拉上自己的劍。

但依舊沒有拉動！

「你到底……」

沒等紀雲禾說完，鮫人手臂倏爾輕輕一用力，紀雲禾猛地被拉入鮫人懷中。鮫人懷中溫度微涼，胸膛上皮膚細膩比尋常女子更甚，但腹部之下的鱗片卻似鎧甲一般堅硬。

紀雲禾第一次被一個妖怪抱在懷裡，她有些不適，未等到她掙扎，鮫人魚尾顫動，周遭崖壁之上的水珠霎時彙聚而來，浸潤他的魚尾。

巨大魚尾上，鱗片光華更甚，幾乎是要照亮這深淵黑暗。

忽然間，似乎已經凝聚好了力道，巨大的魚尾擺動起來，拍打著空中的水珠，以紀雲禾無法想像的速度向空中飛速而去。

紀雲禾在飛速向上時，這才恍然明白過來。

哦……剛才這鮫人伸手的意思，原來是在嫌棄她！

嫌棄她居然還要用御劍這麼落後緩慢的方式移動……

真是抱歉了這位大尾巴魚，紀雲禾想，作為被囚禁了數十年，早已失去自己靈魂的馭妖師，她怎麼也想不到，外面世界的妖怪，居然擁有了這麼高效移動的方式。

「大尾巴魚，要是再給你點水，你是不是還能瞬間移動到天上去？」紀雲禾開了句玩笑，仰頭看他，本來沒打算會得到回應，但大尾巴魚卻低頭回望了她一眼，眼中神色似乎是真的認真在思考她的問題。

然後他微微張了嘴，用著自己還有些蹩腳的發音，說：「再給點水，可以。」

竟然……開口說話了。

紀雲禾震驚地看著他。

而且這第一句話，竟然是這麼一本正經地回答她這無聊的問題……

紀雲禾在長久的沉默之後，認為這一本正經的回答真的太可愛了。

紀雲禾彎了彎唇角，然而笑意卻未來得及在她臉上停留片刻。地底深淵之中，十方陣的光似一條金色的巨龍一般，從地底猛地竄出，擦過紀雲禾身側。鮫人猛地在空中轉了一個方向，躲過金光的同時更向上了一些。

但這還不算完，在第一道金光衝出之後，地底緊接著又湧出了第二道金光！

金光沖天直上，紀雲禾已經能看到天光就在自己頭頂，彷彿伸手就能碰到，但第二道金光從地下鑽出，宛如有生命一般，飛上天際之後又陡然轉下，徑直衝鮫人殺來。

鮫人借助水珠，左右避開，正是緊張之際，忽然第三道金光猶如閃電自地底而來！

「小心！」紀雲禾一聲高呼，鮫人垂頭一看。他現在若是躲開第二道金光，依照現在在空中飄的姿勢，紀雲禾必定被地下第三道金光擊中。

紀雲禾雙指化劍，想給自己撐一個屏障，可屏障尚未來得及形成，紀雲禾卻覺他們在空中的飄動猛地停止了。

這個鮫人……

這個鮫人！竟然沒有打算避開第二道金光！

紀雲禾驚詫的這一瞬間，電光石火之中，鮫人猛地被第二道金光擊中。他以後背扛下了十方陣的餘威，紀雲禾被他護在懷中，瞪大雙眼，不敢置信地看著這個……妖怪。

用自己的身體替她承受傷害的妖怪。

在天光之外，伴隨著青羽鸞鳥的長鳴，鮫人抱著紀雲禾被十方陣的金光擊落。

他們猶如空中散落的鱗片與水珠，再次墜入萬丈深淵之中。

*

紀雲禾醒過來時，恍惚以為自己已經升天。

並非她多想，而是周圍的一切都太詭異了。

除了她身邊還在昏睡的大尾巴魚，周圍什麼都沒有。但從地上到天上，全是淡淡的金色，宛如傳說中的天際仙宮，全是鑲金的燦爛，可紀雲禾環視一圈，也沒有看到宮殿。

她站起身來，打了個響指，試圖召來長劍，施展御劍術，但響指聲音傳了老遠，劍卻一直不見蹤影。

紀雲禾愣了許久，隨即以左手按住自己右手脈搏，隨即大驚……

她體內的靈力竟然全都消失了！

馭妖師之所以能成為馭妖師，能被他人所識，是因為有馭妖能力的人，自打出生以來，身體裡便多了一股普通人所沒有的靈力。

他們的脈搏與常人不同，普通人脈搏隨心而動，心動則脈隨之動，然而擁有靈力的人，在心跳之外，卻有另一股脈搏潛藏皮膚之下，這股脈搏被稱為隱脈。

隱脈在馭妖師初生之時尤為強勁，觸而即知，而隨著年紀增加，隱脈會漸漸減弱，但絕不會消失。

雙脈便是馭妖師的證明。

而雙脈越是強勁有力，意味靈力越強。朝廷每年都會將擁有雙脈的孩童挑出，強行使之與父母分開，送入四方囚禁馭妖師之地。至於那些雙脈最強之子，則被選入大國師府，成為大國師弟子，為大國師行事。

是以四方馭妖地，這麼多年，也只出了一個雪三月。

而大國師府中，雖未出多少天下聞名的馭妖師，但卻出了不少替朝廷暗殺馭妖師與個別妖怪的好手。

紀雲禾拍拍腦袋，將自己飄遠的思緒拉了回來。

她自幼便能感覺到自己的雙脈，隱脈卻忽然間消失了。她也從沒聽說過靈力莫名消失一事，這個地方到底是哪兒……

她再次探看四周，沒有尋得出路，卻聽到一聲略顯沉重的呼吸。

紀雲禾低頭一看，是鮫人漸漸轉醒過來。鮫人似乎掙扎了許久才睜開眼睛，然而好似睜開眼睛這個動作已經耗掉了他所有力氣一樣，他虛弱地轉動眼珠，看了一眼站著的紀雲禾。

紀雲禾一愣，這才想起……

「哦哦！你幫我擋了十方陣一擊呢！」

以為自己摔得升天了，紀雲禾竟然把這事忘了，著實沒心沒肺了一些……

她連忙走到鮫人背後，蹲下，看著他沒有鱗片的後背。他的後背是與人類一樣的皮膚，也是在這樣的皮膚上，紀雲禾才能將痛的感覺感同身受。

他整個後背像是都被劈開了一般，皮肉翻飛，脊椎處甚至要露出白骨，血似乎已經流乾了，傷疤顯得焦灼可怖。

紀雲禾看得眉頭緊皺。這樣的傷勢，別說是普通人，便是個馭妖師，怕是也得沒命了吧……

這個鮫人，當真是在那十方陣的一擊之下救了她一命。

紀雲禾看著側躺著的鮫人，發現這個鮫人對自己並沒有防備，用滿是傷口的裸露後背對著她。

為什麼？僅僅因為她在地牢裡為他療過傷？還是因為，他認為她是來萬丈深淵之中救他的，所以不願讓自己的「救命恩人」死掉？

會是這麼單純又天真的理由嗎？但如果不是這樣的理由，又會是什麼？

紀雲禾看著鮫人的側臉，忍不住開口：「為什麼要替我擋下那一擊？」

鮫人似乎有些奇怪她會這麼問，冰藍色的眼珠微微往後看了一下。他稍稍平穩了一下自己的呼吸，將肉眼可見的疼痛全都嚥進了肚子裡，沉穩地說：「我接下會受傷，但妳接下會死。」

這麼……簡單的理由嗎？

不過是簡單的評估，甚至連她想的那些簡單的理由都不是。

面對林昊青時，他把他當敵人，所以拚死也不對他屈服。而面對紀雲禾時，他沒有把她當敵人，所以即使要承受這麼重的傷，也要救她一命。

做了這麼多年的馭妖師，紀雲禾從來沒遇見過這樣的妖怪。固執，卻是一邊固守自己的尖銳，一邊又執著自己的溫柔。

「多謝你。」紀雲禾說。

「不用謝。」

又是有一句對一句的正經回答。

好似在這樣的情況下，他也在恪守自己的禮節。

紀雲禾覺得這個鮫人，真是有趣。

「傷口痛嗎？」紀雲禾問他。

「很痛。」

他很坦誠，以至於讓紀雲禾真的有些心疼起他來。

「我沒有靈力了，用不了術法，沒法憑空造水。」

「沒關係。」

也是正經八百地在原諒她。

紀雲禾忍不住笑了出來。她看著鮫人，鮫人在沒轉動身體的情況下，盡可能地轉動眼珠想看她，紀雲禾索性走到了鮫人面前蹲下。她盯著鮫人澄澈的雙眼，說：「我身上也沒什麼東西可讓你的傷勢恢復，只能去周圍看看。哪怕能找到點水，估計也能讓你好受一點，你在這兒躺著別動，等我回來。」

「好。」

出人意料地乖巧。

紀雲禾看著鮫人的臉龐，或許是因為又傷重了，所以先前在深淵之中如仙似神的光輝黯淡了不少。加之與他說上了話，紀雲禾一下感覺兩人之間的距離近了許多，此時又見鮫人如此乖巧，紀雲禾一個衝動，沒忍住伸出了手。

鮫人躺著動不了，巴巴地看著紀雲禾的手落在了他頭上，像是在撫摸什麼動物一樣，從他的頭頂順著他的銀髮向下撫摸，一下又一下。

紀雲禾摸著他，感覺他的髮絲是她從沒有在任何一種動物皮毛上摸到過的柔軟順滑。她微微彎起了嘴角……

其實，如果能有自由的話，她一定會養一條大狗的……

「這是什麼意思？」鮫人對紀雲禾的動作起了好奇。

哎呀，紀雲禾心想，問出這個問題，竟讓人覺得更可愛了一些。

「這是……」紀雲禾琢磨了一下，用與他一樣的正經表情回答他：「人類之間，能讓受傷的人好受一點的特殊術法手勢。」

「人類？摸一摸就能好嗎？」

紀雲禾一邊摸，一邊面不改色地說：「摸一摸就能好。」

鮫人也很誠實：「但我還沒好。」

「會好的。」

「嗯。」鮫人又等了一會兒。「真是漫長的術法。」

紀雲禾忍不住又笑了，終於收回手，又埋頭找了找自己外衣的下襬，然後拉出一個線頭，遞給鮫人。

「這兒一望無際的，從地上到天上全是金色的，你幫我把這頭壓著，我出去找找水，到時候順著這條線回來。」

「嗯。」

鮫人將紀雲禾的線頭繞在了指尖，恰巧這線頭縫的是紅色的衣襬，便是有根紅線繞在了他指尖，然後一直連在她的衣襬上。

「你知道嗎，我們人類還有個傳說。傳說，在指尖繞上紅線相繫的兩人，會千里姻緣一線牽，攜手白頭到老。」紀雲禾站起了身，轉身向金光遠處走去。「大尾巴魚，你可拉好這線頭呀，我回不回得來，能不能活到老，就看你啦。」

紀雲禾擺了擺手就走遠了，所以沒看到在她身後握住紅線的手指，又微微緊了些。

第四章　長意

紀雲禾本以為自己會找很久，可沒走多久，下襬的線都還沒拆完，她倏爾看見前方出現了一個巨大的凹坑。

與這一片金光的天地不一樣，這凹陷之地中竟然是一片青草地，有花，有樹，有小溪潺潺，凹坑正中，還有一間小屋子。

如果這天地不是金色的，紀雲禾還以為自己柳暗花明地踏入了什麼南方村落。

在這什麼都沒有的十方陣之中，竟然還有這麼一片世外桃源？

紀雲禾覺得稀奇，這總不會是封印鸞鳥的十位馭妖師特別給鸞鳥建的吧？唯一的可能，是青羽鸞鳥被關在裡面這麼多年，自己給自己造了一方天地。

「倒也是個奇妖了。」

紀雲禾說著，邁步踏入巨大的凹陷之地中。

她越往裡面走，越是發現這地方神奇。

鳥語花香，一樣不少，但能聽到鳥聲卻看不到鳥，只能看到地上金色石頭雕的小鳥。能聽到遠處傳來的狗叫，卻一直沒見到狗跑過來，只遠遠地看到一條金色的「狗」被放在大樹後面，一動不動。

有聲音，有形狀，就是沒有生命。

紀雲禾在這奇怪的「世外桃源」中走了一會兒，一開始的好奇與新鮮過去，緊接著湧上心頭的情緒，竟是一種彷彿來自曠世遠古的寂寞。

這天地之間，除了她，所有東西都是假的。

那青羽鸞鳥在這裡耗費數十年，造就了這一片屬於她的天地，但她造不出任何一個與她一樣的鮮活生命。

這些石頭鳥、石頭狗，聲音多生動，這曠古的寂寞便有多煞人。

紀雲禾一時間有些恍惚，如果她也被永遠困在了這裡……

此念一起，竟讓她有些背脊發寒。她一轉頭，驀地看到背後一直牽連著她與鮫人的那根棉線。

沒有更多猶豫，紀雲禾不再往裡面多走，她轉身到溪邊，摸了摸溪水，卻發現這無頭無尾的溪水竟然是真的。

她脫下外套，將外套扔到溪水之中，汲了水，便拎著溼答答的衣服，循著棉線的蹤跡往回走。

回時的路總比來時快。

紀雲禾覺得自己只花了來時一半的時間，便重新找到了鮫人。

他還是和她離開時看到的一樣，側躺著，手指捲著那根紅線，一動也未動過。

看見鮫人的一瞬，紀雲禾只覺剛才剎那的空寂就如茶盞上的浮沫，吹吹就消失了。

她沒有去和鮫人訴說自己方才的心緒變化，只蹲下身，將衣服上汲來的水擰了一些到他尾巴上，一邊幫他把水在尾巴上抹勻，一邊問：「背上傷口需要嗎？」

鮫人點頭道：「需要。」

紀雲禾看了眼他依舊皮開肉綻的後背。

「我不太會幫人療傷，下手沒什麼輕重，你忍忍。」

「妳很會幫我療傷。」

紀雲禾沒想到，鮫人竟然說了這麼一句話。

仔細想想，他們認識這短短的時日裡，她這已經是第三次幫他療傷了。第一次是在那牢裡，她正經八百地給他抹藥療傷；第二次，是她方才摸他的頭；第三次便是現在。

「我也就給你上藥、施術、汲點水而已。」紀雲禾一邊說著，一邊把衣服上的水擰到鮫人的後背。

水珠順著他的皮膚，流到那觸目驚心的傷口裡。

他身體微微顫了顫，似在消化水滲入傷口的疼痛。過了一會兒，他又聲色如常地開了口：「都很有效。」

這個鮫人……

紀雲禾看著他的傷口將那些水珠都吸收進去。她盯著鮫人的側臉，見他並無半分玩笑的神色……他竟是真的打心裡覺得紀雲禾給他的「治療」是有效的……

第一次便罷了，先前她摸他的頭也有效？

紀雲禾忽然間開始懷疑起來，這世界上是不是真的有一種法術叫「摸摸就好了」……

將衣服上的最後一滴水都擰乾後，紀雲禾抖了抖衣服。

「你先歇會兒，等你傷稍微沒那麼痛了，我帶你去前面，那邊有你前輩留下的……產業。」紀雲禾琢磨著找到一個她認為最適合的詞，來形容青羽鸞鳥留下的那一片凹地。

而鮫人顯然對她這個詞沒什麼概念，他只是沉默片刻，坐起身來道：「我們過去吧。」

紀雲禾見他坐起，有些愣神。

「你不……」紀雲禾轉眼望向他背上的傷口，神奇地發現那些看起來可怕的傷口，在溪水的滋潤後，竟然都沒有再隨著他的動作流血了。

乖乖……紀雲禾詫異，心想難道真的有「摸摸就好了」這樣的術法？

她沒忍住，抬手摸了摸自己的頭頂，試圖將自己莫名失去的靈力找回來，但摸了兩下，她又覺得自己大概是傻了。

她是人，這鮫人是妖怪，素來都聽聞海外鮫人長壽，身中油還能製成長明燈，他們有了傷，恢復快，大概也是族類屬性的優勢。哪個人能真的摸摸就把別人的傷給抹平了。

又不是那傳說中的神仙……

紀雲禾感慨：「你們鮫人一族，身體素質倒是不錯。」

「勤於修行而已。」

又得到一句官方回答，紀雲禾失笑，只覺這大尾巴魚真是老實嚴肅得可愛。

紀雲禾伸手攙住他的胳膊，將他扶起。

「大尾巴魚，你能走路嗎？」

大尾巴魚垂下頭，紀雲禾也跟著他垂下頭——

只見他那巨大的蓮花一樣的尾巴華麗地鋪散在地，流光輪轉，美輪美奐，但是……並不能走路。

華而不實！

紀雲禾在心裡做了如此評價，緊接著便陷入沉默。

大尾巴魚也沉默。

兩人呆呆地站了一會兒，大尾巴魚說：「此處有陣，我行不了術法。」

「我也是。」紀雲禾接了話，沒有再多說別的，一步站到大尾巴魚身前，雙腿一跨，蹲了個標準的馬步，身體往前傾，把整個後背留了出來。「來，我揹你。」

鮫人看著紀雲禾的後背。

她背脊挺直，好似很強壯，但骨架依舊有著女孩子的瘦弱。

鮫人伸出手，他的一隻胳膊就能有紀雲禾脖子那般粗。

紀雲禾等了許久，沒等到鮫人爬上她的背，她轉頭瞥了鮫人一眼，只見鮫人站在她身後，直勾勾地盯著她，也不說話。

紀雲禾問他：「怎麼了？怕我揹不動你啊？」紀雲禾勾唇一笑，是她特有的自信。「安心，我平日裡可也是個勤於修練的人。」

「勤於修行，很好。」鮫人承認她的努力。

「那就趕緊上來吧，我揹你，沒問題。」

「可是妳太矮了。」

「……」

乾脆把他綁了拖著走吧……紀雲禾想著，這個誠實的鮫人未免也太實誠了一點。

「你自己努力把尾巴抬一抬！」紀雲禾嫌棄他，沒了剛才的好脾氣。「沒事長那麼長尾巴幹什麼，上來！」

大尾巴魚被凶了，沒有再磨蹭，雙臂伸過紀雲禾的肩頭，紀雲禾將他兩隻胳膊一拉，讓他抱住自己的脖子，命令他：「抱緊點，抱好！」

鮫人老老實實地抱著紀雲禾脖子。

紀雲禾手放到身後，將鮫人「臀」下魚尾一兜，讓鮫人正好坐在她手上。

但當紀雲禾伸到後面的手把鮫人「臀部」兜起來的時候，鮫人倏爾渾身一僵。

紀雲禾以為自己壓到他什麼傷口了，問道：「痛嗎？」

「不……不痛。」實誠正經的鮫人忽然結巴了一下。

紀雲禾沒多問，將他揹了起來。

紀雲禾很驕傲，雖然隱脈不見了，沒了靈力，但論身體素質，她在馭妖師裡也是數一數二的厲害。

「你看，我說我揹得動吧。」

她揹著鮫人邁步往前，那巨大的尾巴末端還是拖在了地上，掃過地面，隨著他們走遠，留下一路唰唰唰的聲音。鮫人在紀雲禾背上待著，似乎十分不適應，他隔了好久才習慣，想起來要回答紀雲禾的話。

「嗯，我剛才沒說妳揹不動，我是說妳太矮了。」

「……你就閉嘴吧。」

紀雲禾覺得，如果順德公主哪一天知道這鮫人開口說話是這風格，她怕是會後悔自己「令鮫人口吐人言」這個命令吧。

這鮫人說話能噎死人。

＊

青羽鸞鳥造的這一方天地倒是巧妙。

這整個巨大的凹坑裡面，前面是草地樹林、潺潺小溪，中間一個小木屋，而屋後則有一個深淺不知的小潭，潭中蓮花盛開，不衰不敗，十分動人。

紀雲禾本來打算將鮫人揹到屋裡了事，到了屋中，一眼望到後面的潭水，登時欣喜不已。

「大尾巴魚，你是不是在水裡會好得更快一些？」

「是。」

於是紀雲禾放都沒把他放下，揹著他，讓他尾巴掃過堂屋，一路拖到屋後，轉身就把他拋入了水潭之中。

鮫人雖美，體型卻是巨大一隻，猛地被拋入潭水中，登時濺起潭水無數，將岸邊的紀雲禾渾身弄了個半溼。金光之下，水霧之後，後院竟掛起了一道彩虹。

紀雲禾隔著院中的彩虹，看著潭水之中，鮫人巨大的蓮花尾巴拱出水面，復而優雅地沉下。在岸上顯得笨拙的大尾巴，在水裡便行動得如此流暢。

他在水中才是最完整美好的模樣。紀雲禾覺得，無論出於任何原因，都不應該把他掠奪到岸上來。

鮫人在潭中翻了幾個身，如魚得水大概是他現在的寫照。

「這裡的水你能適應嗎？」紀雲禾問他。

鮫人從水中冒出頭來道：「沒問題，很感謝妳。」

他很嚴肅認真地回答紀雲禾的問題，而在紀雲禾眼中，這個鮫人答了什麼已經不重要了。那一雙冰藍色的眼珠，在被水滋潤之後，散發著寶石一般的光芒，溼潤的銀髮貼在他線條分明的身體上，有一種既高不可攀又極度誘惑的矛盾觀感。

「大尾巴魚。」紀雲禾看著他，不由得苦笑。「長成這樣，也難怪順德公主那麼想占有你了，懷璧其罪啊。」

聽紀雲禾提到這個名字，鮫人面色微微沉了下來。

紀雲禾見了他表情，倏爾起了一些好奇。都說鮫人難見，因為大海渺渺，本就不是人該去的地方，在那裡每一滴水都奉鮫人為主，所以……

「你到底是怎麼被順德公主抓住的？」紀雲禾問他。「你們鮫人在海裡來去自如，朝廷最快的船也追不上，就算追上了，你們往海裡一沉，再厲害的馭妖師也只能在海面上傻站著……」

鮫人依舊不說話。他的魚尾在水裡晃著，令水面上清波浮動。

「很少有鮫人被抓上岸來，要嘛是受傷了被大海拍到岸上來，要嘛是被人引誘騙到岸上來，你是哪種？」

「都不是。」

「那你是怎麼被抓住的？書上說，你們鮫人的魚尾是力量的象徵，我看你這尾巴這麼大一個，你……該是鮫人中的貴族吧？」

鮫人看著紀雲禾，沒有否認。

「我救了她。」

「救了誰？」

「你們口中的順德公主。」

得到這個答案，紀雲禾有些驚訝。

「那日海面風浪如山，你們人造的船兩三下便被拍散了，她掉進海裡，我將她救起，送回岸上。」

「然後呢？你沒馬上走？」

「送她到岸邊時，岸邊有數百人正在搜尋，她當即下令，命人將我抓住。」

「不應該呀。」紀雲禾困惑。「即使是在岸邊，離海那麼近，你轉身就可以跑了，誰還能抓住你？」

鮫人目光冰涼，說道：「她師父，你們的大國師。」

紀雲禾險些忘了，順德公主與當今皇帝乃同母姊弟，德妃當年專寵御前，令自己的兩個孩子都拜了大國師為師，先皇特請大國師教其術法。

而當今皇帝未有雙脈，只擔了個國師弟子的名號，順德公主卻是實打實的雙脈之身。

順德公主如今雖只有公主之名，卻是大國師唯一的親傳弟子，是皇家僅有的雙脈之身，在朝野之中，順德公主權勢煊赫。

民間早有傳聞，如今乃是龍鳳共主之世。

大國師素來十分照看自己這唯一的親傳弟子。她在海上遇難，大國師必然親……

只可憐了這鮫人，救誰不好，竟然救了這麼一個人。

紀雲禾看著鮫人，嘆了口氣，想讓他長個記性，便佯裝打趣說：「你看，隨便亂救人，後悔了吧？」

鮫人倒也耿直地點了頭道：「嗯。」

「你下次還亂不亂救人？」

鮫人沉默著，似乎很認真地思考著紀雲禾這隨口的問題。思考了很久，他問：「你們怎麼知道，自己是不是在胡亂救人？」

他問出了這充滿哲思的問題，讓紀雲禾有些猝不及防。紀雲禾也思考了很久，然後嚴肅地說：「我也不知道，那還是胡亂救吧，看心情，隨緣。做自己想做的事然後承擔後果。」

「就這樣？」

「就這樣。」

簡單、粗暴、直接、明瞭。

然後鮫人也就坦然接受了。

「妳說得很對。」鮫人在水潭中，隔著漸漸消失的彩虹望著紀雲禾。「我很欣賞妳，我想知道妳的名字。」

作為一個馭妖師，紀雲禾這輩子還是第一次從一個妖怪嘴裡聽到這樣的話。

她撞破了空中本就殘餘不多的彩虹，走到了水潭邊，蹲下身來，盯著鮫人漂亮的眼睛道：「我姓紀，紀律的紀。名叫雲禾。」

「名好聽，但妳姓紀律的紀？」

紀雲禾點頭道：「這個姓不妥嗎？」

「這個姓不適合妳。」鮫人說得認真嚴肅。「我在牢中看見，妳對人類的紀律，並不認同。」

紀雲禾聞言一笑，心裡越發覺得這鮫人傻得可愛。

「你說得對，我不僅對我們人類的紀律不認同，我對我們人類的很多東西都不認同，但我們人類的姓沒法自己選，只有跟著爹來姓。雖然我根本就不知道我爹的模樣……」

「妳爹的姓不適合妳。」

紀雲禾心覺有趣。「那你認為什麼姓適合我？」

「妳該姓風。」

「風雲禾？」紀雲禾思索了一下。「怪難聽的，為什麼？」

「妳該像風一樣自由，無拘無束。」

紀雲禾臉上本帶著三分調侃的笑，漸漸隱沒了下去。

她沒想到，這麼多年內心深處的渴望，竟然被一個總共也沒見過幾面的鮫人看破了。

紀雲禾沉默了片刻，抽動了一下唇角，似笑非笑地道：「你這個鮫人……」紀雲禾伸出手，屈起中指，伸向鮫人的額頭。鮫人直勾勾地盯著她，不躲不避，紀雲禾也沒有客氣，對著他眉心就是一彈，「啵」的一聲打在他漂亮的腦門上。

紀雲禾同時說：「也不知道你是大智若愚，還是就是愚愚愚愚。」

鮫人挨了一指頭，眼睛都沒眨一下，只是有點困惑，他嚴肅地問紀雲禾：「妳不喜歡這個姓可以，但為什麼要打我？」

紀雲禾站起身來，伸了個懶腰，懶懶地敷衍一句：「打是情罵是愛，人類的規矩。」

鮫人難得皺了眉頭道：「人類真奇怪。」

紀雲禾擺擺手，又轉身離開。

「你先在水裡泡一會兒，我去找找這陣裡有沒有出口。」

紀雲禾離開了小屋。她心裡琢磨著，這個十方陣裡不止她的靈力，連鮫人的妖力也被壓制，照理說，在這裡應該是用不了術法才對。靈力、妖力是千變萬化之源，源頭都沒有，哪來清渠。

但偏偏這地方就是這麼奇怪，還真有清渠，有水潭，有草木花鳥，雖然是假的……

可這也證明，青羽鸞鳥在這待的百年時間裡，雖然不能用術法逃出去，卻能用術法造物。那這個地方，或者準確地說，這個凹坑所在之處，一定有能流通外界靈力的地方，雖然可能並不多……

可有靈力就一定能有出去的辦法，之前青羽鸞鳥出不去，是因為十方陣完好無缺，而現在這陣都被離殊破了一遍了，她一個馭妖師加個大尾巴魚，還不能聯手把這殘陣再破一次嗎？

只要找到靈力流通的源頭，就一定有辦法。

紀雲禾是這樣想的……

但當她在這坑裡找了一遍又一遍，幾乎拔起了每根草，也沒找到靈力源頭的時候，她有些絕望。

這個地方漫天金光，沒有日夜，但根據身體疲勞的程度來看，她約莫已經翻找了一天一夜了。

一無所獲。

雖然現在與外界隔絕，但紀雲禾心裡還是有些著急。

這一天一夜過去，外面的青羽鸞鳥是否還在與馭妖師們搏鬥，是否有將雪三月帶走，都是未知數，而如果他們的戰鬥結束，馭妖谷重建秩序，哪怕紀雲禾帶著鮫人從這十方殘陣裡面走了出去，也是白搭。

她和鮫人都沒有機會再逃出馭妖谷，而她偷了解藥的事必定也被那林滄瀾老頭發現，到時候她面臨的，將是一個死局。

紀雲禾找得筋疲力盡，回了小屋，她打算和鮫人打個招呼，稍微休息一會兒，但當她回到潭水邊，卻沒有發現鮫人的蹤影。

她在岸邊站著喊了好幾聲「大尾巴魚」也沒有得到回應。

難道……這大尾巴魚是自己找到出口跑了？

從這潭水裡面跑的？

紀雲禾心念一起，立即趴在了潭水邊，探頭往潭水中張望。

潭水清澈，卻深不見底，下方一片漆黑，水上荷花好似都只在水上生長，並無根系。

紀雲禾看得正專心，忽見那黑暗之中有光華流動。

轉眼間，巨大的蓮花魚尾攪動這深淵裡的水，浮了上來。他在水裡身姿宛似游龍，他上來得很快，但破水而出之時卻很輕柔。

他睜著眼睛，面龐從水裡慢慢浮出，宛如水中謫仙，停在紀雲禾面前。

四目相接，紀雲禾有些看呆。

「喂，大尾巴魚，我還不知道你的名字呢。」

鮫人的目光卻清澈一如往常，似乎與她的臉頰離得這麼近也並無任何遐想。

「我的名字，用你們人類的話說，是長意。」

長意……

這名字，彷彿是紀雲禾驚見他水中身姿時，這一瞬的嘆息。

聽著這個名字，紀雲禾忽然想，這個鮫人，也應該永遠擺動著他的大尾巴，悠閒地生活在海裡。

她打心裡認為，這個鮫人該重獲自由。

不是因為他與她有些相似，只是因為，這樣的鮫人，只有能納百川的大海，才配得上他的清澈與絕色。

*

長意告訴紀雲禾，這潭水下方深不見底。

紀雲禾琢磨著，這十方陣中，四處地面平坦，唯有他們所在這處是凹坑。且依照她先前在周圍的一圈探尋來看，這潭水應該也是這凹坑的正中心。

如果她估算得沒錯，這潭水或許也是十方陣的中心，更或者，是陣眼所在。如果能撼動陣眼，說不定可以徹底打破十方陣……

紀雲禾探手掬了些許水珠在掌心。當她捧住水的時候，紀雲禾知道，他們的出路便是在這潭水之中了。

因為……手裡捧著水，紀雲禾隱隱感覺到了自己的雙脈，很虛弱，但真的存在。

紀雲禾細細觀察掌心水的色澤，想看出些端倪。

忽然之間，長意眉頭一皺說道：「有人。」

紀雲禾聞言一愣，左右顧盼道：「哪兒？」

彷彿要回答紀雲禾這問題一樣，只聽潭水深處傳來一陣陣低沉的轟隆之聲，宛如有巨獸在潭水中甦醒。

紀雲禾與長意對視一眼。

水底有很不妙的東西。

紀雲禾當即一把將長意胳膊抓住，手上猛地用力，集全身之力，直接將長意從潭水之中「拔」了出來。紀雲禾自己倒在地上，也把長意在空中拋出一個圓弧。

鮫人巨大的尾巴甩到空中，一時之間，院中宛如下了一場傾盆大雨。

而就在「雨」未停時，那潭水之中猛地衝出一股黑色的氣息，氣息宛似水中利劍，刺破水面，徑直向長空而去，但未及十丈，去勢猛地停住，轉而在空中一盤，竟然化形為鸞鳥之態！

一……一隻黑色的鸞鳥自潭水而出，在空中成形了。

鸞鳥仰首而嘯，聲動九天，羽翼扇動，令天地金光都為之黯淡了一瞬。

紀雲禾驚詫地看著空中鸞鳥——這世上，竟然還有第二隻青羽鸞鳥？當年十名馭妖師封印的竟然是這樣厲害的兩隻大翅膀鳥？

這念頭在紀雲禾腦中一閃而過，很快，她發現了不對。

這隻黑色的鸞鳥，雖然與之前在外面看到的青羽鸞鳥只有顏色的區別，但她沒有腳。或者說……她的腳一直在潭水之中，任由那雙大翅膀怎麼撲騰，也沒辦法離開水面一分。

她被困住了，困在這一方潭水之中。

黑色鸞鳥掙扎的叫聲不絕於耳，但聽久了紀雲禾也就習慣了。她壓下心中驚訝，轉頭問被她從水中拔出來的長意：「你剛才在水裡和她打過招呼了？」

「未曾見到她。」

「那她是從哪裡鑽出來的……」

話音未落，空中掙扎的黑色鸞鳥忽然之間一甩脖子，黑氣之中，一雙血紅的眼珠子徑直盯住了地上的紀雲禾。

「馭妖師！」黑色鸞鳥一聲厲喝：「我要吞了妳！」

羽翼呼搧，黑色鸞鳥身形一轉，巨大的鳥首向紀雲禾殺來。

殺意來得猝不及防，紀雲禾倉皇之中只來得及挪了下屁股，眼巴巴地看著黑色鸞鳥的尖喙一口啄在她與長意中間的地面裡。

地面被那尖喙戳了一個深坑，深得幾乎將鸞鳥自己的頭都埋了進去。

紀雲禾看著那坑，抽了一下嘴角。

「我和妳多大仇……」

紀雲禾在鸞鳥抬頭的時候，立即爬了起來。她想往屋裡跑，可黑色鸞鳥一甩頭，徑直將整個草木房子掀翻，搭建房屋的稻草樹木被破壞之後，全部變成了一堆金色的沙，從空中散落而下。

紀雲禾連著幾個後空翻，避開黑色鸞鳥的攻擊，可她剛一站穩腳跟，那巨大的尖喙大大張著，再次衝紀雲禾撲面而來！

便是這避無可避之時，紀雲禾不再退縮，直勾勾地盯著黑色鸞鳥那張開的血盆大口。忽然之間，那尖喙猛地閉上，卻離紀雲禾的臉有一寸距離。

黑色鸞鳥一直不停地想往前湊，但任由她如何掙扎，那尖喙離紀雲禾始終有著一寸的距離。

紀雲禾歪過身子，偏頭望了一眼，但見鸞鳥像是被種在潭水中一樣，掙脫不得。鸞鳥很生氣，她的尖喙在紀雲禾面前一張一合，嘴閉上的聲音宛如摔門板似的響。

紀雲禾在她閉上嘴的一瞬間打了她尖喙一下。

「我說妳這大雞，真是不講道理，我對妳做什麼了，妳要吞了我？」

被紀雲禾摸了嘴，黑色鸞鳥更氣了，那嘴拚了命地往前戳，好似恨不得在紀雲禾身上戳個血洞出來，但愣是邁不過這一寸的距離。

「妳膽子很大。」及至此時，長意才拖著他的大尾巴，從鸞鳥腦袋旁挪到了紀雲禾身邊。「方才出分毫差錯，妳就沒命了。」

「能出什麼差錯？」紀雲禾在鸞鳥面前比劃了兩下。「她就這麼長一隻，整個身體拉直了最多也就這樣。」

鸞鳥被紀雲禾的話氣得啼叫不斷，一邊叫還一邊喊：「馭妖師！我要你們都不得好死！我要吞了妳！吞了妳！」

紀雲禾左右打量著黑色鸞鳥，離得近了，她能看見鸞鳥身上時不時散發出來的黑氣，還有那血紅眼珠中閃動的淚光。

竟是如此悲憤？

「妳哭什麼？」紀雲禾問她。

「你們馭妖師……薄情寡性，都是天下負心人，我見一個，吞一個。」

嗯，還是個有故事的大雞。

黑色鸞鳥說完這話之後，周身黑氣盤旋，她身形消散，化成人形，站在潭水中心，模樣與紀雲禾之前在外面看到的青羽鸞鳥也是一模一樣。

一張臉與雪三月有七分相似。

只是她一身黑衣，眼珠是鮮血一般的紅，而眼角還掛著欲墜未墜的淚水……

怨恨、憤怒而悲傷。

一隻奇怪的大雞。

「哎，妳和青羽鸞鳥是什麼關係？」紀雲禾不再兜圈子，開門見山地問：「妳為什麼被囚禁在這潭水之中？」

「青羽鸞鳥？」黑色鸞鳥轉頭看紀雲禾。「我就是青羽鸞鳥，我就是青姬，我就是被困在這十方陣中的妖怪。」黑色鸞鳥在潭水中心轉了一個圈，她看著四周，眼角淚水簌簌而下，盡數滴落在下方潭水之中。她指著金色的天，厲聲而叱：「我就是被無常聖者所騙，被他囚於十方陣中的妖！」

無常聖者，當年同其餘九名馭妖師合力布下十方陣，囚青羽鸞鳥於此的大馭妖師。

紀雲禾只在書上看過讚頌無常聖者的文章，卻從沒聽過，那聖者居然和青羽鸞鳥還有一段故事……

不過這些事，都不是紀雲禾能去探究的了。

紀雲禾只覺此時此地奇怪得很，如果這裡被關著的是真正的青羽鸞鳥，那破開十方陣被放出去的又是誰？那青羽鸞鳥也自稱青姬，貓妖離殊應當是她的舊識，那時候離殊與她相見的模樣，並不似認錯。

紀雲禾在心底嘀咕之際，長意在旁邊開了口。

「它不是妖。」長意看著黑色鸞鳥。「它身上沒有妖氣。」

「那她是什麼？」

「恐怕……是被主體剝離出來的一些情緒。」

「啥？」

紀雲禾曾在書上看過，大妖怪為了維繫自己內心的穩定，使自己修行不受損毀，常會將大憂大喜這樣的情緒剝離出來，像是身體裡產生的廢物。有的妖隨手一扔，有的妖將其埋藏在一個固定的地方。

大多數時候，這些被拋棄的情緒會化作自然中的一陣風，消散而去，但極個別特殊的強烈出離的情緒，能得以化形，世人稱其為附妖。

附妖與主體的模樣身形別無二致，但並不會擁有主體的力量，身形也是時隱時現的。書上記載的附妖也多半活不長久，因為它並不是生命，隨著世間的推移，它們會慢慢消散，最後也化於無形。

紀雲禾從沒見過……化得這麼實實在在的附妖，甚至……

紀雲禾看了一眼周圍破損的房屋。

這附妖雖然沒有妖力，但身強體壯，憑著變化為鸞鳥的形狀，甚至能給周遭造成一定程度的破壞。

「這附妖未免也太厲害了一些。」

「嗯，或許是主體的情緒太強，也或許是被拋入潭水中的情緒太多，經年累月，便如此了。」

能不多嗎？紀雲禾想，青羽鸞鳥在這裡可是被囚禁了百年呢。

紀雲禾看著那黑衣女子，只見它在潭水中轉了兩圈，自言自語了幾句，忽然開始大聲痛哭了起來：「為何！為何！寧若初！你為何負我！你為何囚我！啊！」

它的淚水滴滴落入潭中，而伴著它情緒崩潰而來的，是潭中水動，水波推動水面上的荷花，一波一波潭水蕩出，溢了這後院滿地。

眼看著它周身黑氣再次暴漲，又從人變成了鸞鳥。它這次不再攻擊紀雲禾，好似已經忘了紀雲禾的存在，只是發了狂，四處拍打著翅膀，不停用腦袋在地上戳出一個又一個的深坑，弄得四周金色塵土翻飛不已。

紀雲禾捂住口鼻，退了兩步。

「我們先撤，等它冷靜下來再回來。」紀雲禾看著發狂的黑色鸞鳥所在之地，眉頭緊皺。「如果我想得沒錯，出口大抵也就在那潭水之中了。」

這附妖對馭妖師充滿了敵視，以至於紀雲禾就碰了一下潭中的水，它就立即衝出來攻擊她。紀雲禾想出去，就必須把這附妖給化解。

但情緒這麼強烈的附妖，到底要怎麼化解……

一個女人被男人騙了，傷透了心……

紀雲禾一邊琢磨，一邊蹲下身來，像之前那樣把長意揹了起來。

她兜著長意的尾巴，向前走，離開了這混亂之地，心思卻全然沒有走遠。

她琢磨著讓受情傷的人康復的辦法。紀雲禾覺得，這要是依著她自己的脾氣來，被前一個負了，她一定立刻去找下一個，新的不來舊的不去。

但這十方陣中，紀雲禾上哪兒再給這附妖找一個可以安慰它的男人……等等。

紀雲禾忽然頓住腳步，看著抱住自己脖子的這粗壯胳膊。
男人沒有，雄魚這兒不是有那麼一大條嗎？
紀雲禾又把長意放了下來。
長意有些困惑。
「我太重了嗎？妳累了？」
「不重不重不重。」紀雲禾望著長意，露出了疼愛的微笑。「長意，你想出去對吧？」
「當然。」
「只是我們要出去，一定要解決那個附妖，但在這裡，你沒有妖力，我沒有靈力，它又那麼大一隻，我們很難出去，是不是？」
「是的。」
「所以，如果我有個辦法，你願不願意嘗試一下？」
「願聞其詳。」
「你去勾引它一下。假裝你愛它，讓它……」
話沒說完，長意立即眉頭一皺，說道：「不行。」
被拒絕得這麼乾脆，紀雲禾倒是有些驚訝。
「不是，我不是要你去對它做什麼事……」紀雲禾忍不住垂頭，看了一下鮫人巨大的蓮花尾巴。

雖然……她也一直不知道他們鮫人到底是怎麼「辦事」的……

紀雲禾清咳兩聲，找回自己的思緒。

「我的意思是，你就口頭上哄哄它，把它心結給解開了。它們附妖一旦解了心結，很快就消散了，對它來說也是一個解……」

「不行。」

再一次義正嚴辭地拒絕。

紀雲禾不解地道：「為什麼？」

「我不說謊，也不欺騙。」

看著這一張正直的臉，紀雲禾沉默了片刻。

「就……善意的謊言？」

「沒有善意的謊言。」長意神色語氣都非常堅定，宛如在訴說自己的信仰。「所謂的『善意』，也是對自己的自欺欺人。」

紀雲禾扶額。

「那怎麼辦？難道讓我自己上嗎？」她有些氣地盯著長意，兩人四目相接，他眸中清澈如水，讓紀雲禾再說不出一句讓他騙人的話。

是的……

事已至此，好像……

只有她自己上了。

紀雲禾垂頭，摸摸自己的胸口，心想，裹一裹，換個髮型，壓低聲音，自己挽袖子……上吧。

第五章　歌與舞

紀雲禾撕了自己剩餘的外衣，弄成布條把胸裹了，隨後又把頭髮全部束上，做了男子的髮冠。

長意背對著紀雲禾坐在草地上，紀雲禾沒讓他轉頭，他愣是脖子也沒動一下，只有尾巴稍顯無聊地在地上拍著，一下又一下。

「好了。」

未等長意回頭，紀雲禾自己走到了長意面前道：「怎麼樣？像男人嗎？」

長意上上下下認真打量了紀雲禾兩個回合，又認認真真地搖了頭。

「不像，身形體魄、面容五官都不似男子。」

紀雲禾低頭一瞅，隨即瞪向長意道：「那你去。」

長意搖頭。「我不去。」

這鮫人真是空長了一張好臉蛋，什麼都不做，就會囉嗦。

紀雲禾哼了一聲道：「還能怎麼辦，破罐子破摔了。」話音一落，紀雲禾轉身便走，腳步踏出宛如邁向戰場。

她是本著被打回來的想法去的。

但她沒想到，事情的進展，出人意料地順利。

她走到已變成一片狼藉的木屋處，鸞鳥附妖還在，化作了人形。它似乎折騰夠了，疲乏了，便在那潭水中央抱著膝蓋坐著。

它身邊是枯敗的荷花，腳下是如鏡面般的死水，它與水影一上一下，是兩個世界，卻又融為一體。不管從哪個角度看，都似一幅畫般美……一種凋萎的美。

紀雲禾的腳步驚動了附妖，它稍一轉眼眸，側過了頭。

它身形微動，腳下死水便也被驚動，細碎波浪層層蕩開將水中影揉碎。附妖看見紀雲禾，站起身來問：「你是誰？」

這麼一會兒，這附妖卻不認得她了？

這倒也好，省得紀雲禾還要編理由解釋為什麼自己和剛才的「姑娘」長得一模一樣了。

「我是一個書生。」紀雲禾面不改色地看著附妖，她來之前就想好了幾個步驟。首先，她要是被附妖識破了女子之身，那她拔腿就走，回去再想辦法，如果沒識破，她就說自己是個書生。

馭妖谷外流進來的那些俗世話本裡，女妖愛上書生是基本題材。紀雲禾在馭妖谷看了不少書，這些書生與女妖的故事套路爛熟於心。

紀雲禾假裝羞澀，接著道：「方才遠遠看見姑娘獨自在此，我被……被姑娘吸引過來了。」

附妖皺眉，微微歪了頭打量著紀雲禾。

紀雲禾心道糟糕，又覺得自己傻得可笑，女扮男裝這種騙術哪那麼容易就成了……

附妖打量了紀雲禾很久，在紀雲禾以為自己都要被打了的時候，附妖忽然開口說：「書生是什麼？你為何在此？又何以會被我吸引？」

問了這麼多問題，卻沒有一個說——你怎麼敢說你自己是男子？

紀雲禾沒想到，這附妖還真信了這個邪。

不過這平靜下來的附妖，好似一個心智不全的孩子，問的問題也讓紀雲禾想不到。

紀雲禾慢慢靠近附妖，在發現它並不抗拒之後，才走到潭水邊，直視它道：「書生便是讀書的人，我誤闖此地，見妳獨自在此，神色憂愁，似有傷心事？」

要讓一個受過傷的女子動心，首先要了解她，了解她的過去和她為什麼對感情失望的原因，對症下藥，是為上策。這青羽鸞鳥與無常聖者的恩怨都是百年前的事情了，世上書中皆不可知，唯有聽這附妖自己說了。

附妖聽了紀雲禾的話，喃喃自語了兩遍：「傷心事？我有什麼傷心事？」它垂頭似在沉思，片刻後抬起頭來，望向紀雲禾，此時眼中又有了幾分痴狀。「我被一個馭妖師騙了。」

紀雲禾靜靜看著它，等它說下去。

似乎找到了一個傾瀉出口，附妖無神的目光盯著紀雲禾，自言自語一般說著：「他叫寧若初，是個大馭妖師，他很厲害，一開始，他想除掉我，我們打了一架，兩敗俱傷，雙雙掉入山谷之中……」

附妖說著，目光離開了紀雲禾。它轉頭四望，似在看著周圍的景色，又似在看著更遠的地方。

「那山谷和這裡很像，有草有花，有廢棄的木屋，有一條小溪，匯成了一潭水。」

紀雲禾也看了看四周，這是青羽鸞鳥住了百年的地方，是她自己用陣眼潭水中的力量一草一木造出來的。

紀雲禾想，這地方應該不是和當初那個山谷「很像」而已，應該是……一模一樣吧。

「谷中有猛獸，我們都傷重，我沒有妖力，他沒有靈力，我們以血肉之軀合力擊殺猛獸，然後他喜歡我了，我也喜歡他。但我是妖，而他是馭妖師……」

不用附妖多說，紀雲禾就知道，即使是在馭妖師擁有自由的百年前，這樣的關係也是不被世人接受的。

馭妖師本就是為馭妖而生。

「後來，我們離開了山谷，我回了我的地方，他去了他的師門，但數年後，他師門要殺貓妖王之子離殊……」提到此事，它頓了頓，紀雲禾聽到這熟悉的名字，也微微一愣。

百年前青羽之亂前，最讓馭妖師們頭疼的，大概就是貓妖王了。貓妖王喜食人心，殺人無數，罪孽深重，世人幾乎也將貓恨到極致。

後來，貓妖王被數百馭妖師合力制伏，斬於沙棘山間，消散於世間。而貓妖王的數十名子嗣也盡數被誅，唯有貓妖王幼子一直流離在外，未被馭妖師尋得。

自此歷代馭妖師的紀錄裡，便再未有貓妖王及其後代的記載。

紀雲禾現在才知曉，原來……那幼子竟是離殊……

也難怪離殊先前在馭妖谷破十方陣時，表現出了如此撼人之力。

貓妖王血脈，應當如此。

附妖道：「他們要殺離殊，但我救了離殊，我護著離殊，他們便要殺我，寧若初也要殺我。」

說到此處，附妖眼中又慢慢積了淚水。

「我以為他和別的馭妖師不同，我和他解釋我和離殊不會吃人，我殺的，都是害我的人，都是惡人，但他不信。不……他假裝他信了，他把我騙到我們初遇的谷中，在那裡設下了十方陣，合十人之力將我封印，他……將我封印……」

附妖的淚水不停落下，再次令潭水激蕩。

「寧若初！」它對天大喊：「你說封印了我你也會來陪我！為什麼！為什麼！」

聽它喊這話，紀雲禾恍悟，原來……那青姬的不甘心，竟然不是無常聖者封印了她，而是無常聖者沒有到這封印裡來……陪她。

但是無常聖者寧若初在成十方陣的那一刻，就已經死了啊。

她……難道一直不知道嗎……

「百年囚禁，百年孤獨！你為什麼不來！你為什麼還不來！」

紀雲禾嘴角動了動，一時之間，到嘴邊的真相，她竟然有些開不了口。

而且，紀雲禾轉念一想，告訴它寧若初已經死了這件事，並不見得是個好辦法，若沒有消解這附妖的情緒，反而將它這些感情激化了，那才真叫麻煩。

附妖越來越激動，潭中水再次波濤洶湧而起。眼看附妖又要化形，紀雲禾快速退開，在鸞鳥啼叫再起之時，她已經走在了回去找長意的路上。

她回頭看了眼小院的方向，這次附妖沒有再大肆破壞周邊，它只是引頸長啼，好似聲聲泣血，要將這無邊長天啼出一個窟窿，質問那等不來的故人。

紀雲禾皺著眉頭回來，長意問她：「被識破了嗎？」

「沒有。但事情和我預想的有點不同。」紀雲禾盤腿，在長意面前坐下。「我覺得我扮書生是不行了，大概得換個人扮。」

「你要扮誰？」

「無常聖者——寧若初。」

＊

紀雲禾在小溪邊想方設法鼓搗自己的頭髮，試圖將頭髮挽出一個與先前不同的冠來。

長意坐在溪邊看她，有些不解。

「如果鸞鳥這麼喜歡當年的男子，怎會將旁人錯認為他？」

紀雲禾只看著溪水中自己的倒影，答道：「鸞鳥必定不會錯認，但這是鸞鳥一團情緒生出來的附妖，它狀似瘋癲，腦子已不大清楚……」

紀雲禾話還沒說完，長意就皺了眉頭。

不用他開口，紀雲禾就知道這個正義又單純的大尾巴魚在想什麼。

「喂，大尾巴魚。」紀雲禾試圖說服他：「你要知道，它是被青羽鸞鳥拋棄在這裡的一堆情緒，並無實體，也算不上是個生命。我們騙它也是迫不得已，你不想永遠被困在這裡，對吧？」

漂亮的冰藍色眼眸垂下。

紀雲禾忽然有一種自己在哄小孩的錯覺……

她走到長意身邊，拍了拍他的肩頭。

「讓青羽鸞鳥離開這裡，是離殊拚死爭來的機會。你和我能不能用這個機會重獲自由都在此一舉了。」紀雲禾摸著一直貼身放著的那一盒解藥，指尖不由得收緊。她目光灼灼地看著長意。「所以我必須去騙那個附妖，也必須解開它的心結讓它消失。無論什麼方法，我都得試。」

長意重新抬起眼眸，靜靜凝視紀雲禾，似乎沒有想到能在紀雲禾眼中看到這般強烈的情緒。他沉默了片刻。

「妳打算如何試？」

紀雲禾一眨眼，眼中的犀利凜然盡數化去。她轉而一笑，又似那散漫模樣。

「我呀……」她歪嘴笑著。「我打算去與它『道明身分』，隨後吟詩詞歌賦表白心意，要是這個時候還沒有破功，那就順其自然，將它擁入懷中輕輕安撫。」紀雲禾一撩頭髮，微挑眉梢，帥氣回眸。

「總之，就是說愛它。」

長意聽罷，不看好地搖起頭。

「妳這般言說毫無真心，很難成功。」

「毫無真心？」這話似乎刺激到了紀雲禾。她蹲著身子，往前邁了半步，靠近長意，一抬手，將長意銀色長髮撩了一縷起來。「當然了……」

她微微頷首，將銀色長髮撩到自己唇邊，在長意還沒反應過來之際，那微微有些乾渴的唇便印在了長意尚且溼潤的長髮上。

「既見君子，這一片真心，自然留不住了。」

紀雲禾還吻著長意的銀髮，眼眸一抬，三分柔情，七分犀利，如箭如鉤，似要將長意的心從他眼睛裡掏出來。

但……

藍色的眼眸如海納百川，將紀雲禾這些柔情、挑釁都悉數容納。

長意一臉平靜，情緒毫無波動。

就像一拳打在了棉花上，紀雲禾與他毫無波動的眼神對視了片刻，頓覺敗下陣來，那一股名為——對不起是在下唐突、冒犯、打擾了——的情緒湧上心頭。

一時間，紀雲禾只覺吻著他頭髮的嘴就像被毒草割了一般，尷尬得有些發麻。

紀雲禾清咳一聲，往後撤了一些，唇離開了他的頭髮，手也放開了那銀絲。紀雲禾拍拍手，抿了一下唇，在長意雲淡風輕的眼神之中站起身來。

她揉揉鼻子，尷尬地轉過身。

「你這鮫人沒和人相處過，不懂這世間的規矩，總之，我要是這樣去對那附妖，十有八九會成功的。」

紀雲禾說完又忍不住看了一眼鮫人，鮫人依舊一臉平靜。紀雲禾撇了下嘴，只道自己是撞了南牆。

她眼神左右瞟了一陣，繞著脖子瞥了眼鮫人的後背，隨便起了另一個話頭：「那啥，你傷好得挺快的啊，鮫人的身體就是好。你就在這兒等我吧，成功了咱們就可以出去了。走了，等著啊。」

言罷，紀雲禾擺擺手，逃一般的離開。

長意坐在原地，巨大的蓮花尾巴末端搭在溪水裡，啪噠啪噠拍了兩下。

他看著紀雲禾漸漸走遠的背影，默默垂下頭，拉起剛才被紀雲禾吻過的那縷髮絲，靜靜地握了片刻。他轉頭，看向溪水裡的自己——

那雙本清冷的冰藍色眼珠，顏色比先前深了許多。

長意靜默地在溪邊坐著，過了許久，這雙眼睛的顏色也依舊沒有變淺。

忽然間，巨大的蓮花大尾巴拂動，將溪水攪起，「嘩啦」一聲打破他周身的靜謐。

清涼的溪水撲頭蓋臉而來，將他身體與髮絲都溼了個透徹。

被尾巴攪動的水，破碎之後重新凝聚，水波相互撞擊，最後終於再次恢復平靜，如鏡般的水面又清晰地照出了他眼瞳的顏色。深藍的顏色褪去，長意眼瞳的顏色終於又恢復了一貫的清冷。

紀雲禾幾乎是小步跑著回到了潭水那方。

在見附妖之前，紀雲禾梳理好了方才那尷尬的情緒。她清了清嗓子，邁步上前。

無常聖者已經是百年前的人了，書上雖然對無常聖者的事蹟有不少記載，但那些記載，都是在說他的功勳與強大，從未記錄他的喜怒哀樂。

或許在寫書人筆下，聖人都是不需要喜怒哀樂的。

紀雲禾無法從自己看過的故事裡去揣摩這人的脾性，但能從方才附妖的話中知道，這個無常聖者寧若初，絕不是個鐵石心腸之人。紀雲禾甚至認為，無常聖者對青羽鸞鳥也是動了情的。

不然，以鸞鳥對他的信任與愛，他何必將她騙來封印呢，直接殺了不就好了，又豈會留下「陪她」的諾言。

這個寧若初應當也是個心中有情有義的馭妖師。

紀雲禾理清了這些事，將表情整理嚴肅，帶著幾分沉重去尋找潭中附妖。

附妖還在潭水之上，與先前不同，它並沒有蹲著，而是站在那潭水上翩翩起舞。

所有的妖怪裡，鮫人是歌聲最美的，而鳥隻一類化的妖，是最會舞蹈的。

傳言中說，鳳舞九天，百鳥來朝，鸞鳥雖非鳳凰，但其舞姿也是世間之最。

附妖在潭水中間，宛如踏在明鏡之上，枯荷在旁，它繞枯荷而舞，身姿開合，或徐或疾，周身纏繞如紗般的黑氣，看在紀雲禾眼中，彷彿之前見過的那幅畫動了起來。

這畫中的女子，尋尋覓覓，徘徊等待，卻永遠等不來那個許過承諾的人。

紀雲禾看著它的舞姿，一時有些看呆，直到附妖身姿旋轉，一個回頭，猛地看見了站在一旁的紀雲禾，才倏爾停住腳步。

被踏出細波的潭水隨之靜息。

「你是誰？」

又是這個問題，這個附妖果然腦子不太清楚，全然記不得事。

「妳都不記得我了嗎？」紀雲禾說：「我是寧若初。」

附妖渾身一僵，腳下似是站不穩地微微一退，再次將水面踏皺，一如踏皺了自己的眸光。

它看著紀雲禾，皺著眉頭，似要將她看穿一般。但任由它如何探看，到最後，它還是顫抖著唇角，問紀雲禾：「你怎麼現在才來找我？」

沒有任何質疑，沒有過多的打探，附妖就這樣相信了她。

紀雲禾甚至覺得，自己就算是沒有束胸，沒有挽髮，不特意壓低聲音來找它，它依舊會相信她就是寧若初。

紀雲禾很難去猜測這其中的原因。

或許是附妖自成形開始，就是個心智不全的附妖。也或許它等得太久，都等迷糊了。又或許……等到寧若初，對它來說是一個必須完成的任務。

就像她和長意必須出去一樣，這個附妖也是。它是因青羽鸞鳥的執念而生，必須化解執念才能解脫。所以不管來的是誰，它都認。

除此之外，紀雲禾再想不到其他理由了。

附妖一步步走向紀雲禾，紀雲禾想不出真正的寧若初這時候會說什麼，所以她乾脆不言不語，只直視著附妖的眼睛，也一步步靠近潭水邊。

兩人走近了，附妖離不開潭水，紀雲禾也沒有踏進去。

附妖靜靜地看著她，那腥紅的眼瞳裡滿滿的都是她。

也就是在離得這麼近的時候，紀雲禾才感知到，原來感情這種虛無縹緲的東西，真的是能從眼睛裡鑽出來的。

「你說你會來陪我。」附妖眼中滿滿地溼潤起來。「我等了你好久。」

紀雲禾心想，它可真是個愛哭的附妖。

青羽鸞鳥是個舉世聞名的大妖怪，她是不可能愛哭的，所以這被剝離出來的情緒，應當是她內心之中難能可貴的脆弱吧。

「抱歉。」被一個哭哭啼啼的女孩子這般充滿情意地看著，紀雲禾忍不住說出了這兩個字。

她想，如果是真的寧若初，大概也會這樣說吧。

而這兩個字，彷彿是觸動一切的機關。

附妖伸出手，雙手將紀雲禾環抱住。附妖身體沒有溫度，宛似潭水一般冰冷，但它的話語卻帶著滿滿的溫度。

「可我知道，你一定會來。」

它抱著紀雲禾，聲音帶著哭腔，卻是藏不住的滿心歡喜。

紀雲禾忽然想到了另外一個可能性，這個附妖如此輕易就相信了她的可能性。

這個附妖相信她是寧若初，是因為它……或者說是青羽鸞鳥本人，她從始至終就打心裡認為，無論多久，無論何時，寧若初一定會來，她一定能等到他。

所以十方陣中來了人，那人說自己是寧若初，那不管是男是女，是神是鬼，只要那人說了，她就一定會相信。

她不是相信那個人，她只是相信寧若初。

相信他一定會實踐他的承諾，相信他一定會來，無論是什麼形態。

這十方陣中，青羽鸞鳥等候其中，忍了百年孤寂，或許生了恨，或許生了怨，或許這些恨與怨都強烈得可怕，但這些情緒，最終只要一句話，就能盡數化解……

「我終於……等到你了。」

附妖如此說著。

紀雲禾倏爾心口一抽。

附妖周身黑氣大作，終於了結這百年的恨與怨、守與盼、脆弱的等待和無邊的寂寞。

黑氣飛舞，狀似一隻黑色的鳳凰，揮舞著羽毛，踏著動人的舞步，飄飄嫋嫋向天際而去。

而便在黑氣飛升之時，遠處悠悠傳來幾句好似漫不經心的吟唱歌聲，歌聲喑啞，和著黑氣的舞步，不疾不徐，悠揚而來，又散漫而去。

絕色的舞與絕美的歌共伴一程，宛如神來之筆、天作之合。未有排演，卻是紀雲禾賞過的，最完美的歌舞。

歌聲停歇，舞步消散，空中只餘一聲遙遠的鸞鳥清啼，迴響片刻，終也歸於無形。

紀雲禾望著這片無邊無際的金色天空，過了許久也未回神，直到耳邊忽然傳來水聲低沉的轟隆聲，她才猛地被驚醒過來。

一轉頭，身邊本來滿溢的潭水在附妖消失之後，竟像是被人從底部抽乾一樣，轟轟隆隆地下沉。

紀雲禾一愣，來不及思考情況，她唯一能想到的是，陣眼在這裡，他們要從這裡出去，但現在陣眼出現了變化，雖然不知道是什麼變化，可現在不出去，之後或許就出不去了！

紀雲禾拔腿就跑，卻不是縱身跳入潭水中，而是往長意所在的方向奔跑。

她可不想變成寧若初，讓別人一等就是一百年。

她許下的承諾，就一定要實現。

但沒讓紀雲禾跑多遠，溪水那頭，像是箭一般游過來一條大尾巴魚。

竟是比紀雲禾這雙腿不知快了多少。

紀雲禾見狀有些生氣地說：「你能自己游啊！那之前為什麼還讓我揹來揹去的！」

長意一過來就挨了一句罵，他愣了愣道：「先前沒在溪水邊。」

「算了。沒時間計較了。」紀雲禾走到長意身邊。兩人站在溪水流入潭水的地方，紀雲禾指著潭水道：「咱們商量一下。」

「商量什麼？」

「你看，先前潭水滿溢的時候，潭中是有水往溪中流的，現在潭水下沉，所有溪水反而在往潭中灌。這十方陣中什麼都沒有，照理說也不該有水。而按五行來說，水主生，現在水急退而去，按我的理解，是生路慢慢被斷了。這十方陣，很快就要變成一個死陣。要出去，我們只有跳下去。」

長意眉頭皺了起來，道：「那就跳。」

「但這只是我的猜測，這猜測很可能是錯的，如果跳下去，我們或許反而會被困住。這下面有什麼，我們會發生什麼，我也不知道。」

長意轉頭看紀雲禾：「兩方皆是不確定的選擇，妳要與我商量什麼？」

紀雲禾嚴肅地看著長意道：「你會猜拳嗎？」

長意：「……」

他沉默片刻，認真發問：「那是什麼？」

長意想，能在這個時候提出的，那一定是什麼不得了的術法或者法器吧。

「來。」紀雲禾伸出手。

長意也跟著伸出了手。

紀雲禾說：「這是石頭，這是剪刀，這是布。」紀雲禾一邊說著，一邊在手上做著示範。

長意嚴肅認真地記下。

紀雲禾盯著長意的眼睛，繼續解釋：「我數一二三，你隨便從剛才的手勢當中出一個。一，二，三！」

紀雲禾出了布，長意雖然很迷茫，但也認真地出了拳頭。

紀雲禾張開的手掌一把將長意的拳頭包住。

「我出了布，布能包住你的石頭，所以我贏了。」

長意愣了一下。

水聲下沉的聲音依舊轟隆，長意靜靜看著紀雲禾道：「所以？」

「我剛在心中決定，我贏了我們就跳下去，你贏了我們就留在這裡。」紀雲禾包著長意的拳頭，咧嘴一笑。「所以，我們跳吧。」

長意再次愣住，本來清冷的鮫人，在遇見多可怕的虐待時都未示弱的「大海之魂」，此時滿臉寫著一個問句——

「這麼隨便嗎？」

好歹……生死攸關……

「抉擇不了的時候，就交給老天爺吧。」

紀雲禾說完，沒再給長意拒絕的機會。她往後仰倒，笑望長意，任由身體向黑暗的深淵墜落，而包住長意拳頭的手掌一轉，竄入他的掌心，握住他的手掌，再也沒有鬆開。

人類的手掌比他溫熱太多，體溫似能從手掌一直溫熱到他心口，甚至熱到魚尾的每一片鱗甲上。

銀髮翻飛，髮絲上似也還留有她唇邊的溫度。

長意呆呆地看著紀雲禾笑彎的眼睛，任由她拉著自己，墜入深淵。

他沒有掙扎，也沒有抗拒。

他覺得比起他來，這個笑著跳入未知黑暗的馭妖師，才更像他們人類口中所說的——妖怪。

*

墜入黑暗，金色的天光越來越遠。

當紀雲禾徹底被黑暗埋沒的時候，她心中也不是沒有害怕，只是比起坐在原地等待一個結果，她更希望自己去做點什麼，儘管這個掙扎與選擇可能是錯的。

紀雲禾緊緊握住長意的手，黑暗之中，下沉的潭水聲音越來越大，忽然之間，冰冷的潭水將紀雲禾整個吞噬。

他們終於落入下沉的潭水中。

長意之前說下面很深，果不其然。

紀雲禾緊閉口鼻，屏住呼吸，跟隨潭水下沉的力量向下而去。

但這時，她倏爾感覺手被人用力一拉，緊接著就被攬入一個比冰水溫熱的懷抱。

長意抱住了她。

水中，是他的王國。

長意一手攬著她，一手在她臉上輕輕撫過。

紀雲禾忽覺周遭壓力登時減小，水給她的耳朵帶來的壓力也消失不見。紀雲禾一驚，微微張嘴，卻發現竟然沒有水灌入口中。

「長意。」她喚了一聲長意的名字。

「嗯。」

她也聽到了長意的回答。

「沒想到你們鮫人還有這麼便利的術法。」紀雲禾道：「但這術法對你們來說應該沒什麼用吧？」

「嗯，第一次用。」

「長意，這短短時間裡，我拿走了你多少第一次，你可有細數？」

離開了那封閉之地，雖然還在黑暗之中，但紀雲禾心情也舒暢了不少，起了幾分開玩笑的心思。而在紀雲禾問了這話之後，長意竟然當真沉默了很久。

想著長意的性子，紀雲禾笑道：「你不是真的在數吧？」

「還沒數完……」

紀雲禾是真的被他逗樂了，在他懷裡搖頭笑了好久，最後道：「你真是隻認真又嚴謹的大尾巴魚。」

「認真與嚴謹都是應該的。」

「是，只是沒想到你這麼認真嚴謹的人，在剛才附妖消失的時候，也會為它唱歌。」

長意這次只是默認，並沒應聲。

「你唱的是什麼？」

紀雲禾隨口一問，長意卻答得認真：「鮫人的歌，讚頌自由。」

聽罷此言，紀雲禾臉上的笑意收了些許，她望著面前無盡的黑暗，道：「那是該唱一唱的，長意，我們也要獲得自由了。」

其實在落入水中的時候，紀雲禾就感受到了，這水中確實有生機，越往下，越有來自外面的氣息，長意可以用術法助她呼吸，她也能感受到自己先前一直沉寂的隱脈了。

繼續往下，一定能出得了十方陣。到時候，她解藥在身，離開馭妖谷，從此天大地大，便再也不受拘束。

像是要印證紀雲禾的想法一樣，下方的黑暗之中，倏爾出現了一道隱約的光亮，光芒照亮了紀雲禾與長意的眼瞳，同時也照亮了長意周身鱗甲。

在黑暗之中，鱗甲閃出星星點點的光，水波將這些光點散開，讓紀雲禾感覺他們彷彿在那遙不可及的銀河之中穿梭。

「長意，等離開馭妖谷，我就送你回大海。」紀雲禾說：「你回家了，我就去遊歷天下，到我快死的時候，我就搬去海邊。有緣再見的話，你也像今天這樣給我唱首歌吧。」

長意其實不明白為什麼這個時候紀雲禾會說這樣的話。明明出去以後天高海闊，她卻好似……覺得自己面臨著死亡。

但長意沒有多言，他只問：「唱什麼？」

「讚頌自由。」紀雲禾道：「真正的自由，也許只有那天才能見到。」

「好。到時候，我來找妳。」

沒有約時間，沒有約地點，長意就答應了，但紀雲禾知道，這個鮫人的諾言，他一定會信守。

紀雲禾微微笑著，迎來了黑暗的盡頭。

天光破除身邊的黑暗。

鮫人帶著馭妖師破開冰冷的水面，一躍而出。日光傾灑，三月的暖陽照遍渾身。

剛從水中出來，紀雲禾渾身有些脫力。她趴在地上，不停喘息，身邊是同樣呼吸有些急促的長意。

紀雲禾緩過氣來，抬頭，望向長意，方要露出笑容，這笑卻在臉上僵住了。

不為其他，只因就他們破水而出的一會兒時間，周圍便已圍上了一圈馭妖師。

紀雲禾神情立即一肅，左右一望，登時心頭湧過一陣巨大的絕望，所有血色霎時在她臉上褪去。

這個地方，紀雲禾再熟悉不過。

馭妖谷谷主常居之地——厲風堂的後院。雖然現在這個後院已經破敗不堪，閣樓倒塌，磚石滿地，但紀雲禾在馭妖谷生活多年，絕不會認錯。她回頭一望，但見方才長意與她躍出的那水面，竟然是厲風堂之後的池塘。

這個池塘……竟會是十方陣的陣眼。

紀雲禾心中只覺荒唐。

她千算萬算，如何也沒有算到，從那十方陣中出來，竟然會落到這後院之中。

「護法？」

馭妖師中有人認出了紀雲禾。隨即又有人喊出：「她怎麼會和鮫人在一起？」

也有人在嘀咕：「我們在谷內找了個天翻地覆，原來是她把鮫人帶走了。護法想幹什麼？」

「先前谷中所有人與青羽鸞鳥苦鬥，她也不在……」

紀雲禾沒有動，內心想法卻已是瞬息萬變。

現在看來，青羽鸞鳥應當已經離開了，且離開有一段時間了，而今雪三月的下落暫時不明，也無法打聽。

谷中馭妖師在青羽鸞鳥離開之後，發現鮫人牢籠陷落，必定到處尋找鮫人。因為這是順德公主交代下來的任務，若是鮫人弄丟，整個馭妖谷沒有一個人有好下場。

但現在，她這個馭妖谷的大護法，卻和鮫人一起從厲風堂後面的池塘裡鑽了出來。

要破這個局面，唯有兩個辦法。

第一，立即打傷長意，將其抓住，向眾人表明自己是為了抓捕鮫人，不慎掉入十方陣殘陣之中，歷經萬難，終於將這鮫人帶了出來。

第二，殺出一條血路。

對於紀雲禾來說，無異是第一條路好走許多。這要是她與鮫人相識的第一天，她也必定會選第一條路。

但是……

現在她與這鮫人說過話，聽他唱過歌，被他救過命……

要踏這第一條路，紀雲禾踏不上去。

紀雲禾深吸一口氣，站起身來，她身上冰冷的水滴答落在地下鋪滿碎石的路上。

她一反手，體內靈力一動，離她最近的馭妖師的鞘中刀便瞬間飛到了紀雲禾手上。

她一直不想這樣做，但命運這隻手，卻好似永遠都不放過她。

紀雲禾挽劍，便在這電光石火之間，鮫人巨大的尾巴倏爾一動，拂過池塘，池塘之中水滴飛濺而出，被長意尾巴一拍，水珠霎時化為根根冰錐，殺向四周馭妖師！

竟是方才一言未發的長意……先動手了。

＊

鮫人忽然動手，馭妖師們猝不及防，大家在先前與鸞鳥爭鬥中本就受傷，而今正無抵擋之力。

他們慌亂四走，紀雲禾心道現在若是要殺出一條血路，說不定還真有七成可能！

她握緊了劍，而在這時，眾人身後倏爾一道白光殺來，紀雲禾但見來人，雙目微瞠。

谷主妖僕卿舒似乎在之前與青羽鸞鳥相鬥時受過傷，額上尚有血痕，但這傷並不影響她濃重的殺氣。

紀雲禾心臟猛地懸了起來，她倒是不擔心長意無法與卿舒相鬥，她只是想……卿舒既然來了，那林滄瀾……

紀雲禾目光不由得往厲風堂正殿處望去，恍惚間，林滄瀾坐著輪椅的身影從裡現身，未等紀雲禾看清，她便覺面前白光一閃，額間傳來針扎的巨痛！

一時之間，她只覺得整個頭蓋骨彷彿被人從四面八方扯碎了一般難受。

疼痛瞬間奪去了她渾身力氣，讓她再也無法支撐自己的身體，手中長劍落地，她倏爾向一旁倒去。

天旋地轉之間，她只看見天上冰錐與長劍相觸，發出鏗鏘之聲，而鏗鏘之後，整個世界便陷入了徹底的死寂之中。

紀雲禾不知自己在黑暗當中前行了多久，彷彿有一萬年那麼長，又彷彿只是看一陣風過的時間。當她再次感受到四肢存在，是有人在她指尖扎了一針。

五感在這一瞬間盡數找回。

紀雲禾睜開眼睛，身體尚且疲軟無法動彈，但眼睛已將周圍的環境探了個遍。

她回來了。

回到這間她再熟悉不過的房間了。這是她在馭妖谷的住所、她的院子、她的囚牢。

雖然這房間在之前的大亂之中顯得有些凌亂，但這牢籠無形的欄杆卻還是那麼堅固。

此時，紀雲禾的屋子裡還有一人，妖狐卿舒靜靜地坐在她的床邊，用銀針扎遍她所有的指尖，而隨著她的銀針所到之處，紀雲禾一個個彷彿已經死掉的手指，又能重新動起來了。

紀雲禾想要坐起來，可她一用力，只覺額間劇痛再次傳來，及至渾身，紀雲禾每根筋骨都痛得顫抖。

「隱魂針未解，隨意亂動，妳知道後果。」卿舒淡漠地說著。

隱魂針，是林滄瀾的手法——一針定人魂，令人五感盡失，宛若死屍。

卿舒一邊用銀針一點一點地扎紀雲禾身上的穴位，一邊說：「谷主還不想讓妳死。」

紀雲禾聞言，只想冷笑。

是啊，這個馭妖谷，囚人自由，讓人連選擇死的權利都沒有。

紀雲禾掙扎著，張開了嘴問：「鮫人呢？」只是開口說完這三個字，她便耗盡了身體裡所有的力氣。

卿舒瞥了她一眼道：「重新關起來了。」

饒是鮫人恢復再快，終究是有傷在身，未能敵過那老狐狸啊……不過想來也是，雖然她與長意認識並不久，但他那個性子，如果將一人當朋友了，應當是不會丟下朋友逃走的吧。

當時昏迷的她或許也成了長意離開時的累贅……

思及此，紀雲禾閉上了眼睛。

之後……他們還能想什麼辦法離開呢……

「妳從主人書房偷走的藥，我拿出來了。」卿舒繼續冷淡地說著。

紀雲禾聞言卻是一驚，不過很快便也平靜了下來。從她離開十方陣，落到厲風堂後院的那一刻起，她便想到了這樣的結果——她落入十方陣之前的所作所為，林滄瀾不可能絲毫不知。

「你們要做什麼？」紀雲禾不躲不避地望著卿舒。

她做這樣的事，就做好了承擔最壞結果的準備，是生是死，是折磨是苦難，她都認。

卿舒聞言卻是一聲冷冷的諷笑，說道：「一些防治傷寒的溫補藥丸，妳想要，拿著便是，谷主寬厚，斷不會因此降罪於妳。」卿舒手中銀針拔出，看著紀雲禾愣神的臉，眼神中透出幾分輕蔑。「我幫妳拿出來了，就放在妳桌上。」

溫補藥丸……

林滄瀾早知道她藏著自己的心思，所以一直在屋中備著這種東西，便是等有朝一日，能羞辱、踐踏她。

踩著她的自由和自尊對她說，我寬厚，斷不會因此降罪於妳。

也是以上位者的模樣與她說，妳看看，妳這可憐的螻蟻，竟妄圖螳臂擋車。

紀雲禾收回指尖，手指慢慢握緊成拳。

卿舒對她的神情絲毫不在意，輕描淡寫地將她額上的針拔了出來。紀雲禾身體登時一輕，再次回到自己的掌控中。

他們就是這樣，一針能定她魂，讓她動彈不得，一伸手便也能拔掉這針。他們無時無刻不在告訴紀雲禾，她只是他們手中的一隻提線木偶，他們要她生則生，要她亡則亡。

操控她，就是這麼輕而易舉。

「紀雲禾，妳心中想什麼，主人並不關心，但妳心中想的，只能止於心中，妳腦中想的，就只能止於腦中。妳要做的，只能是主人讓妳做的。」

紀雲禾冷冷一笑。

「這一次，妳想公然與谷中馭妖師動手，主人制住了妳。」卿舒晃了晃手中的針，將針收入隨身針袋之中。「主人保住了妳的護法之位，妳當去叩謝大恩。」

這滿室彷彿布滿無形的絲線，綁住她的每個關節，重新將她操縱。紀雲禾索性閉上眼，她不忍看這樣的自己。

她以為出了十方陣就可以自由了，卻沒料到，十方陣中，她才有短暫的自由。

「卿舒大人。」

門外傳來一聲輕輕的呼喚。

卿舒收了針袋，輕輕答了聲：「進來吧。」

門外馭妖師推門進來，卿舒走了過去，馭妖師在卿舒耳邊輕聲道了幾句話，卿舒倏爾眼睛一亮，轉頭看向躺在床上的紀雲禾。

「紀雲禾，主人傳妳立即前去厲風堂。」

紀雲禾翻了個身，背對卿舒與馭妖師，她眼睛也沒睜開地說：「屬下傷病在身，恕難從命。」

反正林滄瀾那老頭要她活著，他暫時也不會殺她，甚至還要保她的護法之位。此時她不擺譜兒，還什麼時候擺譜兒。前面被他們算計也算計了，嘲諷也嘲諷了，難道現在躺也躺不得了？

卿舒道：「鮫人開口說話了。」

紀雲禾睜開眼睛。

卿舒繼續說：「他問：『你們想對她做什麼？』」

不用質疑，鮫人口中的「她」指的便是紀雲禾。

紀雲禾此時躺在床上，渾身便如滾了釘板一樣難受。

第六章 開尾

順德公主其願有三，一願此妖口吐人言，二願此妖化尾為腿，三願其心永無叛逆。

而今，順德公主的第一個願望，實現了。

是紀雲禾幫她實現的。雖然在這個比賽一開始，紀雲禾決定了要這樣做，並且有十成信心可以在林昊青之前讓鮫人開口說話。

但……

卻不是以如今的方式。

紀雲禾走進厲風堂，在青羽鸞鳥作亂之後，厲風堂塌了一半，尚未來得及修繕，天光自破敗的一邊照了進來，卻正好停在主座前一尺處。

林滄瀾坐在陰影之中，因為有了日光的對比，他的眼神顯得更加陰鷙，臉上遍布的皺紋也似山間溝壑一般深。

卿舒站在他的身後，比他的影子還要隱蔽。林昊青立於大殿右側，他倒是站在了日光裡，恍然一瞥，他長身玉立，面容沉靜，彷彿還是紀雲禾當年初識的那個溫柔大哥哥。

其他馭妖師分散在兩旁站著。

所有人都靜靜看著紀雲禾一步一步走向主座。終於，在林滄瀾面前三尺，她停住了腳步道：「谷主萬福。」她跪地行禮，似一切都與往常一樣。

林滄瀾笑了笑，臉上的褶子又擠壓得更多了些。

「起來吧。妳現在可是馭妖谷的功臣。」

「謝谷主。」紀雲禾起身，依舊站在主殿正中。

林滄瀾繼續說：「青羽鸞鳥大亂馭妖谷，帶走雪三月，致谷中多名馭妖師死亡、受傷或失蹤……咳咳。」他咳了兩聲，似是無比痛心。「……朝廷震怒，已遣大國師追捕雪三月與青羽鸞鳥。」

紀雲禾聞言，面上無任何表情，但心裡卻為雪三月鬆了一口氣。

還在通緝，就代表沒有抓住。

好歹，這短暫的時間裡，雪三月是自由的，也是安全的。

這一場混亂，哪怕能換一人自由，也還算有點價值。

「朝廷本欲降罪於我馭妖谷，不過，好在妳……」林滄瀾指了指紀雲禾。「妳達成了順德公主的第一個願望，順德公主甚為開心，於今上求情，今上開恩，未責怪我等。雲禾，妳立了大功。」

馭妖谷無能，放跑青羽鸞鳥是國事，順德公主要鮫人說話是私事，今上因私事而改國事……紀雲禾心頭冷笑，只道這小皇帝真是無能到被人握在手裡拿捏。

這個皇帝的同胞姊姊，權勢已然遮天。

雖然心裡想著這些，但紀雲禾面上一分也未走漏，只垂頭道：「雲禾僥倖。」

「谷主。」旁邊一馭妖師走出，對著林滄瀾行了個禮，道：「護法令那頑固鮫人口吐人言，實乃馭妖谷之幸，但屬下有幾點疑惑不明，還想請護法解答。」

紀雲禾微微側頭，瞥了一眼那馭妖師，心下明瞭——這是林昊青的人，是林昊青在向她發難呢。

紀雲禾回過頭來，繼續垂著頭，不做任何表態。

林昊青的發難，林滄瀾豈會不知。林滄瀾不允，便沒有人可以為難她。而林滄瀾允了，便是林滄瀾在向她發難。

在這個大殿之中，她要應付的不是別人，她要應付的只有林滄瀾而已。

林滄瀾盯了那馭妖師片刻，咳了兩聲後道：「問吧。」

紀雲禾微微吸了一口氣。這個老狐狸，果然就是見不得人安生。

「是。屬下想知，我等與青羽鸞鳥大戰之時，未見護法蹤影，護法能力高強，卻未與我等共抗強敵，請問護法當時在何處行何事？這是第一點疑惑。

其次，這鮫人冥頑不靈，諸位皆有所知。護法與鮫人一同消失，到底是去了何地，經歷何事？為何最後又會出現在厲風堂後院？此為第二點疑惑。

第三，護法與鮫人出現之後，護法昏迷之際，鮫人拚死守護護法……」

拚死守護……

長意這條傻魚，有這麼拚嗎……

紀雲禾心緒微動，卻只得忍住所有情緒，不敢有絲毫表露，繼續聽那馭妖師道：

「被擒之後，鮫人道出一句言語，此言便只關心護法安危。屬下想知，護法與這鮫人，而今到底是什麼關係？」

馭妖師停了下來，紀雲禾轉頭望向馭妖師道：「問完了？」

紀雲禾眸光冰冷，看得發問之人微微一個膽顫。

他強作鎮定道：「還請護法解答。」

「這些疑惑，不過是在質疑我這段時間到底幹什麼去了，沒什麼不可說的。」

紀雲禾環視了眾人一圈後道：「與青羽鸞鳥一戰，我未參與，是因為貓妖離殊破開十方陣之後，我觀地面裂縫直向鮫人囚牢而去，憂心鮫人逃脫，便前去一觀。與青羽鸞鳥一戰對我馭妖谷來說極為重要，保證鮫人不逃走，難道就不重要嗎？諸位皆捨身與青羽鸞鳥一鬥，是為護馭妖谷聲譽，保住鮫人，亦是我馭妖谷的任務。而今看來，要留下青羽鸞鳥，即使多我一個，也不太可能，但留下鮫人，只我一個便可以了。」

紀雲禾說話沉穩有力，不疾不徐，道完這些，馭妖師們左右相顧，卻也沒有人站出來反駁她。

「我尋到鮫人之時，鮫人牢籠陷落，嵌於裂縫山石之間。我正思索該如何處置他時，十方陣再次啟動，諸位應當尚有印象。」

眾人紛紛點頭。

「我與鮫人消失，便是被再次啟動的十方陣拉了進去。」

殿中一時譁然。

發難的馭妖師大聲質疑：「十方陣已被破，谷主用陣法殘餘之力對付青羽鸞鳥，妳如何會被十方陣拉進去？」

「我何必騙你？十方陣陣眼有十個，一個或許便在鮫人那牢籠地底之下，另一個在厲風堂後院池塘之中，是以我和鮫人才會忽然從池塘出現。你若不信，那你倒說說，我要怎麼帶著這麼一個渾身閃光的鮫人避過眾人耳目，悄無聲息地出現在厲風堂後院？我又為何要這樣做？」

「這……」

「再者，鮫人護我，關心我安危，有何不可？」

其實，紀雲禾這趟來，倒也是巴不得現在有人來向她發難，不然她還找不到機會替自己「邀功」呢。

紀雲禾盯著那馭妖師，道：

「我教谷中新人的時候，多次提到過。馭妖，並非粗魯地毆打，使其屈服。馭妖，便是觀其心，辨其心，從而令其心順，順則服。諸位別忘了，順德公主除了要他說話，要他長腿，還要他的心永不叛逆。」

紀雲禾輕蔑地看著殿中的馭妖師們。當需要用專業技能說話的時候，他們便都同啞了一般，不開口了。

紀雲禾接著發問：「這鮫人冥頑不靈的脾性，在座諸位難道不知？若用一般手段便能使其屈服，順德公主何至於將他送到我馭妖谷來？我使一些軟手段，令他以另一種方式屈服，有何不可？我為馭妖，在他面前演一演戲，倒也成罪過了？」

這一席話問完，全場當即鴉雀無聲。

她說這些話，半真半假、虛虛實實，誰也沒辦法質疑什麼。

只是她這話裡面唯一的漏洞，便是她去林滄瀾的書房裡拿了藥。

但先前卿舒便也替林滄瀾說了，都是些溫補的藥，谷主斷不會因為這些而降罪於她。卿舒也說了，谷主不想讓她死，還要保她的護法之位。

所以，紀雲禾當著林滄瀾的面，光明正大地說謊，林滄瀾也不會戳穿她。

他為難她，只是想讓他生性溫厚的兒子看看，這個奸狡的紀雲禾是如何安然度過這些難關的。他是想告訴他的兒子，你這些手段太簡單了。

他只是藉紀雲禾來教育自己的孩子，告訴他，要害一個人，不能這麼簡單地去布局。

這個老狐狸一直都是這樣，用她來當教材。

紀雲禾瞥了林昊青一眼，果然看見林昊青面色沉凝，雙手在身邊緊緊地握成了拳頭。

事到如今，紀雲禾也對這樣的場景沒什麼感觸了，這麼多年，不管她再怎麼不想，她都作慣了那個被仇恨的人。

只是，林滄瀾在眾目睽睽之下利用她，而今天，紀雲禾也要利用這「眾目睽睽」，提出自己的要求。

「谷主，在十方陣中，屬下便在思索，離開十方陣後，如何將此鮫人馴服得更加溫順，滿足順德公主的願望。」

「哦？」林滄瀾盯著紀雲禾。「妳思索出了什麼？」

「屬下認為，此鮫人性情冥頑，需以懷柔之計，方有所得，而今我已取得了鮫人些許信任，還望谷主特許，之後在我與鮫人相處之時，有權令他人離開或停止懲罰鮫人的行為。」

紀雲禾望著林滄瀾，面上神色冰冷，彷彿這一切真的都是在全力以赴，要將那鮫人馴服，要奪得這谷主之位。

提出這個要求，林滄瀾對於她心思的猜測或許會有很多種。他會覺得，這個紀雲禾當真想藉這個比賽來贏谷主之位了。他也會想，這個紀雲禾，背地裡又盤算著要藉由這個比試，反抗些什麼。

但他永遠都不會想到，這個紀雲禾，只是單純不想讓鮫人再挨打了。

她不想讓他受折磨，也不想再看到他奄奄一息的模樣了。

她只是打心裡認為，長意這樣的鮫人，應該得到上天最溫柔的對待。

而這樣單純的想法，是絕對不會出現在林滄瀾的腦海中的。

林滄瀾與紀雲禾的目光在大殿之中短兵相接，很快，他便做了決定，因為老狐狸永遠覺得自己的算計能超前他人。

他咳了兩聲後道：「當然了，雖說妳與昊青之間有所比試，但我馭妖谷的本心還是要為皇家行事。誰能達成順德公主的願望，誰有達成這個願望的方法，老夫自然都是支持。」

紀雲禾微微勾起了唇角。

眾目睽睽之下，林滄瀾必然要做這樣的選擇。因為朝廷控制馭妖谷，不可能只憑遠在天邊的大國師威風，馭妖谷中必有朝廷的耳目。

是以林滄瀾行事，也不能無緣無故。

紀雲禾今日在這大殿上說的話，也不止單單說給在座的人聽。

還有另一隻手、另一雙眼睛，在看著她以及整個馭妖谷。

不過，眼下紀雲禾是真的感到開心，此後，她可以名正言順地攔下那些對長意的無盡折磨了。

而至於他人怎麼看待她的笑，她不想管了。

「不過……」林滄瀾再次開口：「雲禾初醒，還是養身體比較重要，你們都是我的孩子，切莫累壞自己。」

紀雲禾拿不準林滄瀾這話的意圖，最後抱拳應是。

林滄瀾便揮揮手道：「乏了，都各自退下吧。」

馭妖師們行罷禮，各自散去，紀雲禾與林昊青走在眾人後面，兩人並沒有互相打招呼，只是在擦肩而過時，林昊青淡淡瞥了紀雲禾一眼。

「第一局，算妳贏了。」

紀雲禾看著他，如同往常一樣，靜靜目送他離開。

所有人都走了，紀雲禾才邁步離開大殿。

殘破大殿外，日光傾灑，紀雲禾仰頭，曬了好一會兒太陽，才繼續邁步向前走。

她喜歡曬太陽，因為這是她在馭妖谷中，在陰謀詭譎的算計裡，唯一能感受到「光明」的時候。

*

入了夜，紀雲禾打算去看望一下長意，可她出了院子，門外卻守著兩名馭妖師。

他們將她攔下了。

「護法，谷主讓護法這些天好好休息一下，還望護法別辜負了谷主一番心意。」

「屋裡躺得乏了，出去走走也算休息。」紀雲禾揮開其中一人的手，邁步便要往前走，兩人卻又進了一步，將她攔住。

「護法，谷主的意思是，讓妳在屋裡休息就行了。」

紀雲禾這才眉眼一轉，瞥了兩人一眼，心底冷冷一笑。只道林滄瀾這老狐狸心眼小，他定是記恨自己今日在殿上提了要求，所以隨便找了個理由將她軟禁起來了。

「那依谷主的意思，我該休息多久？」

「谷主的意思，我等自是不敢妄自揣測。」嘴倒是緊。

紀雲禾點點頭道：「好。」她一轉身，回了院子，也不關門，就將院門大開著，徑直往屋內走去。去了裡屋也沒關門，在裡面開始翻箱倒櫃地找東西。

門口兩人相視一眼，神色有幾分不解，但也沒有多言。

過了片刻，紀雲禾抱了一個茶台和一堆茶具出來。她半分也沒有被軟禁的氣惱，將茶台往院內石桌上一放，轉頭招呼院子門口的兩人：「屋內坐著悶，你們站著也累，過來跟我喝茶吧，聊聊。」

她說著，掐了個法訣，點了根線香，香氣裊裊而上，散在風中，隱隱傳入兩人鼻尖。

兩人不解地對視一眼，隨即搖頭道：「護法好意心領了，我們在這裡守著便好，不讓他人擾了護法清靜。」

「也行。」紀雲禾沒有絲毫強求，兀自坐下了，待得身邊火爐燒滾了水，她便真的倒水泡起了茶，一派閒適。

兩人見紀雲禾如此，真以為這護法與大家說的一樣，是個隨興的性子。他們站在門外不再言語。

月色朦朧，馭妖谷的夜靜得連蟲鳴之聲都少。

紀雲禾靜靜地賞月觀星，整個院中，只有杯盞相碰的聲音，到線香燃盡，煙霧消散，紀雲禾伸了個懶腰，站起身來。她再次走到門外，這次，再沒有人伸手攔住她。

紀雲禾出了院子，轉頭看了眼門口靠牆站著的兩人，兩人已經閉上了雙眼，睡得深沉，一人還打起了呼嚕。

「請你們喝醒神茶不喝，果然睡著了吧。」紀雲禾說著，又伸了個懶腰。「睡半個時辰也好，你們都累了。我待會兒就回來啊。」

她擺擺手，照舊沒有關門，大搖大擺地離開。

她穿過馭妖谷內的花海。此時那花海在之前的戰役之中，已經被毀壞得差不多了，大地龜裂，殘花遍地，沒有了之前馥鬱的花香，但同樣也沒有人會在深夜路過這片地方。

紀雲禾有些想嘆息，這馭妖谷花海中的花香，有很好的靜心安神作用，再稍加煉製，便與迷魂藥沒什麼兩樣。

只可惜了，之前她並未煉製太多線香，而今這花海殘敗，要等它們再長成那麼茂盛的模樣，不知又要等到哪一年。這安神的香真是用一根少一根，今天若不是為了去看看長意，她倒捨不得點了。

紀雲禾未在這片荒地停留太久，徑直向新關押長意的囚牢走去。

沿路上，紀雲禾一個馭妖師都沒有碰到，她之前想好的躲避他人的招倒沒了用武之地。一開始她倒輕鬆，越走卻越覺得奇怪，鮫人對馭妖谷來說多重要，上次他已經逃脫了一次，林滄瀾怎麼可能不讓人看著他？

快到關押鮫人的地方，紀雲禾心中的奇怪已經變成了幾分慌張，結合林滄瀾軟禁她的舉動來看，紀雲禾心裡隱隱有了個猜測，然而她不太願意相信這個猜測，心裡竟是拚盡全力在否認。

到了地牢外，依舊沒有一名馭妖師。紀雲禾腿腳有些顫抖地快步跑進了牢籠。

牢中石壁上，火把的光來回跳動，紀雲禾略顯急促的腳步聲在空空蕩蕩的地牢中迴蕩。她終於走到了地牢之下，牢中裡裡外外貼著禁制的黃符，這麼多黃符，足以將妖怪的妖力全部壓制。

潮溼的地牢中，正立著兩人。

一人是拿著刀的林昊青，另一人是被釘在牆上，血流滿地的長意。

林昊青手上刀刃寒光凜冽，黏稠的鮮血順著刀刃一滴一滴落在地上。

長意雙手與脖子被鋼鐵固定在了牆上，他的皮膚慘白，一頭銀髮垂下，將他整張臉遮住，而那條屬於他的巨大尾巴……已經不見了。

他的尾巴被分開，在慢慢地，慢慢地變成人腿的形狀。

紀雲禾站在牢籠外，只覺自己體內所有溫暖的血一瞬間消失了，寒意從前面撞進她的胃裡，擊穿脊柱。那戰慄的寒意順著脊梁骨爬到後腦上，隨即凍僵了她整個大腦。

紀雲禾臉上血色霎時退去。

「長意。」她顫抖著唇角，艱難地吐出了他的名字。

但並沒有得到任何回應。

被釘在牆上的鮫人，腦袋宛如死了一般，無力地垂著。在之前，這個鮫人無論受到多麼大的折磨，始終保持著自己神智的清醒，而現在，他已經完全失去了意識。

紀雲禾的聲音雖沒有喚醒長意，卻喚得長意面前的林昊青回了頭。

他似乎並不奇怪紀雲禾會來這裡。

林昊青甩了甩手上的刀，黏稠的鮮血被甩出來幾滴，有的落到紀雲禾腳下，有的則甩到她的衣襬上。剎那間，血液便被布料的縫隙吸了進去，在她衣襬上迅速染出一朵血色的花。

「妳來了也沒用。」林昊青冷漠地將刀收入鞘中。「鮫人的尾巴是我割開的，大家都知道了。」

林昊青冷漠地說著。

他不關心紀雲禾是怎麼來的，也不在乎自己對鮫人做了什麼，他只在乎，順德公主的第二個願望，是他達成的。

第一局，算妳贏了——這句不久前林昊青在厲風堂前說過的話，忽然閃進紀雲禾腦中。

原來，「算妳贏了」的「算」，是這個意思。

原來，他特意說這一句話，是對順德公主第二個願望的勢在必得。

林滄瀾軟禁她，林昊青給鮫人開尾……原來，他們父子二人，合作了一齣這般好戲。

一時之間，這些思緒盡數湧入紀雲禾腦海之中，方才瞬間離開周身的溫熱血液像是霎時都湧回來了一樣，所有的熱血都灌入了她的大腦之中！

在紀雲禾渾身僵冷之際，林昊青倏爾一勾唇角，涼涼一笑。

他看好戲一般看著紀雲禾道：「鮫人開尾，需心甘情願，再輔以藥物。妳用情意讓鮫人說話，我也可以用他對妳的情意，讓他割開尾巴。」

林昊青此言在紀雲禾耳中炸響，她看著牆上鮫人，但見他分開的尾巴漸漸變得更加像人腿，他漂亮的魚鱗盡數枯萎落地，宛如一地死屑。那蓮花魚尾不再，漸漸變短，化分五指。

紀雲禾手掌垂於身側，五指卻慢慢握緊成拳。

林昊青盯著紀雲禾，宛如從前時光，他還是那個溫柔的大哥哥。

他喚了聲她的名字：「雲禾。」他一笑，眼神中的陰鷙，竟與那大殿之上的老狐狸如出一轍……

「妳真是給我出了一個好主意。」

聽聞此言，紀雲禾牙關緊咬，額上青筋微微隆起，眼中血絲怒現，再也無法壓抑這所有的情緒。紀雲禾一腳踢開牢籠的大門，兩步便邁了進去。

林昊青轉頭，只見紀雲禾眼中的神色是他從未見過的冰冷。

還未來得及多說一個字，紀雲禾一拳便揍在林昊青臉上。

皮肉相接的聲音是如此沉重，林昊青毫無防備，徑直被紀雲禾一拳擊倒在地。他張嘴一吐，混著口水與血，竟吐出了兩顆牙來。

林昊青還未來得及站起身，紀雲禾如猛獸捕食一般，衝上前來抓住林昊青的衣領，不由分說，兩拳、三拳，數不清的拳頭不停落在林昊青臉上。

劇痛與暈眩讓林昊青有片刻的失神，而紀雲禾根本不管不顧，彷彿要將他活活打死一樣，瘋狂的拳頭落在他臉上。

終於，林昊青拚盡全力一抬手，堪堪將紀雲禾被血糊過的拳頭擋住。

鮮血滴答，已經分不清是他的血，還是紀雲禾自己拳頭上的血。

「紀雲禾。」林昊青一隻眼已經被打得充了血，這讓他看起來像個真正的妖怪。「妳瘋了。」

從他的眼中看出去，整個牢籠一片血色，而坐在他身上，抓住他衣領的紀雲禾，在這片血色當中卻出奇的清晰。

她目光中情緒太多，有痛恨，有憤怒，還有那麼多的悲傷。

「你怎麼會變成這樣？」紀雲禾的聲音萬分嘶啞，若不是在這極度安靜的地牢之中，林昊青幾乎不可能聽見她的聲音。

林昊青躺在地上，充血的眼睛直視紀雲禾，毫無半分躲避。他像一個不知肉體疼痛的木頭人，血肉模糊的臉上還帶著幾分笑意，而眼神卻是毫無神光，宛如沒有靈魂一般麻木。他反問紀雲禾，聲音也是被沙磨過的喑啞。

「大家想要的少谷主，不就是這樣嗎？」

*

林昊青的話，讓紀雲禾的拳頭再也無法落在他臉上。

他為什麼會變成這樣，紀雲禾再清楚不過。

便在紀雲禾失神之際，林昊青一把將紀雲禾從自己身上掀了下去。他抹了一把嘴角的血，血紅的眼睛往牆上一瞥，隨即笑出了聲來。

「護法。」林昊青挺直了背脊，傲慢地看了眼坐在地上的紀雲禾。「鮫人開尾完成了，妳要想與他相處，便與他相處就是。」

林昊青捂著嘴，咳嗽了兩聲，並未計較紀雲禾打了他的事，自顧自開門離去。

對他來說，第二局贏了就行了。別的，他不在乎。

他只想贏過紀雲禾，贏過這個從小到大，似乎樣樣都比他強一些的馭妖谷護法。

贏了她，就足以讓他開心了。

紀雲禾的憤怒，在他看來，就是輸後的不甘。她越憤怒，他便越是開心。

林昊青帶著笑意離開地牢，而紀雲禾看著牆上的長意，過了許久才站起身來。

鮫人開尾已經完成了。

他赤身裸體地被掛在牆上，擁有了普通人類男性的雙腿，有了他們所有的特徵，唯獨失去了他那漂亮的大尾巴，並且再也不會長回來了。

紀雲禾握緊拳頭，咬緊牙關，狠狠一拳捶在身邊的地牢欄杆上。

牢籠震動，頂上一張黃符緩緩飄下。

而在黃符飄落的這一瞬間，牆上的人呼吸微微重了一瞬。那是極為輕細的聲音，但在寂靜的牢籠中卻是那麼清晰。

紀雲禾深吸一口氣，將所有情緒都收斂。她站起身來，緩步走到長意身前。

銀色長髮末端顫動，長意轉醒過來，他睜開了眼睛，還是那般澄澈而純淨的藍色。

「長意。」紀雲禾喚他。

她沒有把他從牆上放下來，剛開尾的鮫人，腳落地應該會像針扎一樣疼痛吧。她只仰頭望著被釘在牆上的長意，靜靜地看著他。

長意目光與她相接，看了紀雲禾許久，似才找回自己的意識一般。他張了張嘴，卻無力發出任何聲音。

紀雲禾心中一抽。要鮫人開尾，最重要的條件就是讓鮫人心甘情願，如果鮫人不願意，即使他們給他餵再多的藥，將他尾巴都剁碎，也不會開尾成功。

紀雲禾猜都能猜到他們是怎麼讓長意開尾的。

「他們肯定騙你了。」紀雲禾拳頭緊握，唇角微微顫著。「抱歉。」

長意垂頭看了紀雲禾許久。

「妳沒事……就好。」他聲音太小，幾乎聽不見，紀雲禾是看他嘴唇的形狀猜出來的。

而這句話，卻讓紀雲禾宛如心窩被踹了一腳般難受。

她幾次張開嘴想要說些什麼，但最後都閉上了。

面對這樣的長意，她根本不知道該說什麼安慰的話，或者，他根本不需要她的安慰。

他做了他決定做的事，這件事的後果，他早就想清楚了……

又怎麼可能不清楚呢……

「長意，我如何值得你……這般對待。」

長意沒有說話，大概也沒有力氣說話了，開尾這件事對他來說，是巨大的體力損耗。

紀雲禾便不問了，她就站在長意面前，手中掐訣，指尖湧出水流。她指尖輕輕一動，地牢之中水珠落下，彷彿在下雨般，滴滴答答，將長意蒼白的身體浸潤，也清洗了這一地濃稠的鮮血。

水聲滴答，紀雲禾垂頭看著血水慢慢流入地牢的出水口，像是想要打破這死一般的寂靜，她倏爾開口：

「林昊青以前不是這樣的。」她說：「我最初見他的時候，他性格很溫和，對我很好，把我當妹妹看，我也把他當哥哥。那時他養著一條小狗，林滄瀾給他的，他給小狗取名字叫花花，因為小狗最喜歡在花海裡去咬那些花，鬧得漫天都是花與葉。」

紀雲禾說著，似乎想到了那場景，微微勾起了唇角。

「他很寵愛花花，後來，沒過多久，林滄瀾讓他把狗殺了。他沒幹，挨了好一頓打也沒幹。然後林滄瀾就威脅他說，他不把狗殺了，就把我殺了，他不殺我，林滄瀾就自己動手殺了我。」

紀雲禾聲色平淡，彷彿在講別人的故事。

「林昊青就嚎啕大哭著，把花花掐死了。」

紀雲禾揮揮手，地牢中的「雨」便下得更大了一些。

「那天是一個雷雨夜，他在院中掐死花花的時候，渾身都溼透了。但那條狗到死的時候都沒有咬他一口……他難過得大病一場，林滄瀾就在他病時把花花燉了，餵他一口口吃掉。他一邊吃一邊吐，一邊還要聽林滄瀾喝斥，罵他窩囊、無用，嫌他婦人之仁。「林滄瀾說，馭妖谷未來的谷主必須心狠手辣，不僅要吃自己養的狗，還要會吃自己養的人。」

長意看著紀雲禾，雖然做不了任何反應，但他的眼睛一直盯在她身上，沒有挪開。

「林昊青病好了，我去看他，我問他是不是討厭我了，畢竟他為了我把那麼喜歡的小狗殺掉了。但林昊青說沒有，他說我沒有錯。他說，這件事情裡，還能讓他找到一點安慰的，就是至少救了我。」

紀雲禾抬頭，與長意的目光相接。

「長意，那時候的林昊青和你挺像的，但再後來……」

再後來，就要怪她了。

「我和林昊青感情越來越好，我們一起做功課，我有不懂的，他就教我。他常說我聰明，林滄瀾也不吝嗇誇獎我，他還將我收為義女，在所有人眼裡，我們的關係都好極了。

「可是我也只是訓練林昊青的工具而已，和花花一樣，花花是注定要被吃掉的狗，而我就是那個注定要被吃掉的人。」

紀雲禾眸光漸冷。

「林滄瀾要我和林昊青去馭妖谷中的一個洞穴試煉，洞穴裡有一個蛇窟，林昊青最怕蛇了，所有人都知道，所以林滄瀾要我把林昊青推進去。」

紀雲禾說得很簡略，但背後還有林滄瀾餵她祕藥之事。在小狗花花死後，林滄瀾就給紀雲禾餵了祕藥。從那時候起，她每個月都要等林滄瀾賜她解藥，這樣才能緩和她身體裡撕裂一樣的疼痛。

她變成了林滄瀾的提線木偶。

林滄瀾讓她把林昊青推進蛇窟，她沒有答應，她生不如死地熬了一個月，林滄瀾和她說，不是妳，也會有別人來做這件事。

所以紀雲禾點頭了。

她答應了。

很快，林滄瀾便安排她與林昊青去了蛇窟。

「走到那蛇窟邊的時候，林昊青站在我面前，背後就一條路，我堵住了，他出不去，他並沒有意識到自己處於什麼樣的情況之中，還護在我身前，忍住懼怕說，沒關係，我保護妳，妳快跑。」

紀雲禾扯了一下嘴角接著道：「我沒跑，我和他不一樣，我不怕蛇，我堵住門沒動，是因為我還在猶豫。」紀雲禾垂頭，看著自己的掌心。「我還在想，乾脆自己跳進去算了，這樣就什麼都解脫了。但是沒等我想明白，我的手肘就猛地被人擊中了。我的手掌抵到他的腰上，把站在蛇窟邊的林昊青推了下去。」

紀雲禾當時沒有動手，是林滄瀾派來監視他們的卿舒等不了了，用石子擊中她的手肘，讓她把林昊青推了下去。

而那時，以她和林昊青的靈力，根本無法察覺卿舒的存在。

「我當時轉頭，看見了林滄瀾的妖僕，她冷冷瞪了我一眼。我一回頭，又看見掉進蛇窟的林昊青。我至今猶記，他不敢置信的目光彷彿是見了鬼一樣。

「我那時候就明白了，林滄瀾想要一個心狠手辣的兒子，林昊青一天沒有變成他想要的模樣，那這樣的事情就一日不會斷。所以，當林昊青再次伸出手向我求救的時候，我做出了選擇。

「我站在蛇窟邊，一腳踢開了他伸出來向我求救的手。」紀雲禾眼中血絲微微紅了起來。「我和他說，憑什麼你一出生就注定擁有馭妖谷谷主之位？我說，你這麼懦弱的模樣，根本不配。我還說，你這段時間真是讓我噁心死了，你就死在這裡吧。」

再說起這段舊事，紀雲禾彷彿還是心緒難平。她沉默許久，再開口時，聲音喑啞了許多。

「後來，林昊青好像就真的死在了那個蛇窟中。他被人救出來之後，宛如被毒蛇附身，再也不是當初的溫和少年。」

紀雲禾不再說話，地牢之中便只餘滴答水聲，像是在敲人心弦一般，讓人心尖一直微微顫動，難消難平。

「這麼多年以來，我一直以為，我當年做了正確的選擇，因為在那之後，林昊青再也沒有被林滄瀾逼著去受罪了。但是啊，長意……」

紀雲禾此時仰頭看他。

他被釘在牆上，血水被洗去，皮膚上乾枯如死屑的魚鱗也被沖走，但那皮膚還是不見人色的蒼白。

「我當年的選擇卻害了今天的你。」紀雲禾牙關緊咬。「我錯了……對不起，是我錯了。」

地牢安靜了許久，終於，紀雲禾聽到了一句沙啞而輕柔的安撫。

「不怪妳。」

鮫人的聲音，宛如一把柔軟的刷子，在她心尖掃了掃，掃走了這遍地狼藉，也撫平了那些難平之意。

*

紀雲禾在牢中，給長意下了一整夜的雨。

長意太過疲憊，便再次昏睡過去，而紀雲禾立在遠處，一點都沒有挪動腳步。

及至第二天早上，陽光從甬道樓梯處灑進來，在她院門前看門的兩名馭妖師急匆匆地跑了下來。

紀雲禾未理會他們的驚慌，自顧自將牆上的長意放下來，小心翼翼放平他的身體，給他擺了個舒服的姿勢，隨即脫下自己的外套，將赤裸的他的下半身蓋了起來。

「護法怎可私自將鮫人禁制解開！」

「不顧谷主命令前來此地！護法此舉實在不妥！護法且隨我等前去叩見谷主！」

一聲聲追責，紀雲禾恍若未聞，直至最後一句，她才微微轉了頭說：「走就是了，大驚小怪，吵鬧得很。」

紀雲禾看了地上長意一眼，靈力再次催動法術，於指尖凝出水珠，抹在了他蒼白的嘴唇上。長意嘴唇微微抿了一下，將唇上的溼潤抿了進去。

紀雲禾站起身來，出了地牢，隨兩名馭妖師去了厲風堂。

青羽鸞鳥離開，鮫人尋回，馭妖谷的大事都已過，所以厲風堂修繕的工作已經開始進行了。殿外搭了層細紗布，將日光遮蔽，初春日光下，殿內氣溫升了起來，說不出是溫暖還是悶熱。

紀雲禾在殿外敲敲打打的聲音中走進大殿。

這種日常瑣碎的聲響並不能緩解殿內的氣氛，林滄瀾盯著她，神情嚴肅，嘴角微垂，顯示著上位者的不悅。在這樣的目光中走近，殿外的每一聲敲打都彷彿鑿在紀雲禾的腳背上，一步一錐，越走越費力。

但紀雲禾並沒有停下來，她目光沉著，直視林滄瀾的眼睛，走到他座前，一如往常地行禮道：「谷主萬福。」

「咳……」林滄瀾咳嗽了一聲，並沒有叫紀雲禾起來。「萬福怕是沒有了，孩子們都長大了，翅膀也都硬了，不愛聽老頭的話了。」

紀雲禾跪著，沒有接話。

看著沉默的紀雲禾，林滄瀾招招手，林昊青從旁邊走了出來。

一晚上的時間，林昊青臉上的傷並沒有消失，反而看起來更加猙獰了。

「父親。」

林滄瀾點點頭，算是應了，微微一抬手，讓林昊青站起來，隨即轉頭繼續問紀雲禾：「雲禾，昨晚妳不在屋裡好好休息，為何要去地牢對昊青動手？」

紀雲禾沉默。

林滄瀾目光越發陰冷起來，直勾勾地盯著她道：「昊青昨日給鮫人開了尾，順德公主其願，再圓一個，是高興的事，妳卻因嫉妒而大打出手？」

林滄瀾說著，氣得咳嗽了起來，咳嗽的聲音混著殿外的敲打，讓紀雲禾心底有些煩躁。她抬眼看著台上的林滄瀾與永遠站在他背後的妖僕卿舒，復而又望了一眼沉默不語的林昊青，心底有些嘲諷。他們真是活得累的一群人，更可笑的是，自己居然也是逃不掉的「同路人」。

「你們都是我的孩子，不該如此相處。」林滄瀾說著，卿舒從他身側上前一步，手一揮，丟了一條赤色的鞭子在地上。

所有人的目光霎時都集中在了殿前的赤色長鞭上。

「谷中規矩，傷了同僚，該當如何？」

卿舒答話：「主人，按谷中規矩，謀害同僚、傷同僚者，赤尾鞭鞭刑十次；害命者，赤尾鞭鞭刑至死。」

赤尾鞭，鞭上帶刺，宛如老虎的舌頭，一鞭下去，連皮帶肉能生生撕下一塊來。打得重了，傷勢或可見骨。

「雲禾，身為護法，當以身作則。」林滄瀾捂住嘴咳了半天，緩過氣來，才緩緩道：「鞭二十。昊青，你來執行。」

林昊青沒有任何情緒的波動，頷首稱是，轉而撿起了殿前的赤尾鞭，走到紀雲禾身側。

紀雲禾抬頭看他，眼神無波無瀾，但她腦海中卻想到了很久之前，在蛇窟之中，林昊青看向她的眼神，那才是活人的眼神，帶著憤怒，帶著悲傷，帶著不敢置信。

而現在，她與他的目光在這大殿之上，連對視都如一潭死水。

紀雲禾挪開了目光。

任由赤尾鞭「啪」地落在身上。

林昊青說得沒錯，他變成了大家想要的少谷主，最重要的，是他變成了林滄瀾最想要的少谷主，所以他下手毫不留情。

每一鞭落在背上，連皮帶肉撕開，不過打了兩三鞭，紀雲禾後背上就一片血肉模糊。但紀雲禾沒有喊痛，她一直覺得，人生沒有不可以做的事情，只要自己能承擔相應的後果。她選擇去見鮫人、毆打林昊青、一夜未歸，這些有的是興起而行，有的是衝動行事，有的是思慮之後的必有所為。

這所有的事，都指向現在的結果。

所以她受著，一聲不吭，眼也未眨。

二十道鞭子落在身上，她將所有的血都吞進了肚子裡。

挨完打，林滄瀾說：「好了，罰過了，便算過了，起來吧。」

紀雲禾又咬著牙站了起來，林滄瀾揮揮手，她帶著滿背的血痕，與大家一同轉身離去。

她走過的地方，鮮血滴答落下，若是他人，怕早就叫人抬出去了，而她宛若未覺。

馭妖師們都側目看著她。

紀雲禾受罰的時間並不多，她總是知道分寸，知道自己要做什麼，如此這般觸怒林滄瀾，甚至在殿上用強硬的態度面對他，都是極少見的。

所以馭妖師們都不知道，這個素來看起來慵懶的護法，也有一把硬到髓裡的骨頭。

「林昊青。」出了厲風堂大殿，日光傾灑而下，紀雲禾張開慘白如紙的唇，喚了一聲走在自己身前不遠處的林昊青。她聲音很小，卻很清楚。「花海荒地，蛇窟，午時見。」

林昊青微微一愣，沒有轉頭，像沒聽見一樣邁步離開。

紀雲禾也沒有多猶豫，和沒說過這話一樣，轉身就離開了。

她回了房間，擦了擦背上的血，換了身衣服，又重新出門去。

這次沒有人再攔著她了，林滄瀾讓林昊青給鮫人開尾的事情已經做完了，她的「不乖」也受懲罰了，所以她拖著這副半死的身體，想做什麼都行。

她留了個心，沒看到有人跟著自己，便走到了花海之中。

花海荒了，遠遠望去一片蒼涼。

小時候對他們來說無比可怕的蛇窟，現在看來，不過也就是一個小山洞而已。

紀雲禾走到那方的時候，林昊青已經等在小山洞門口了。他獨自一人來，負手站在山洞前，看著那幽深的前路，不知道在想些什麼。

「林昊青。」紀雲禾喚了他一聲。

林昊青冷笑道：「怎麼？殿上挨了鞭子，還想討回來？」

「在這裡的事情你還記得嗎？」紀雲禾沒有多與他言語糾纏，指了一下小山洞，開門見山。「你想知道真相嗎？」

林昊青看著紀雲禾，臉上冷笑的弧度收了起來，表情漸漸沉了。

第七章　改變

「妳說的，是什麼真相？」

風吹過荒涼的花海，捲起一片黃沙，掃過兩人耳畔，留下一串蕭索的聲音。

「如果妳想說，當初在蛇窟邊，不是妳把我推下去，都是林滄瀾逼妳……」他頓了頓，復而又冷笑起來。「那我早就知道了。」

林昊青的回答在紀雲禾的意料之外，但細細想來，卻好像也在情理之中。

「雲禾，我當年是懦弱，卻不傻。」林昊青轉頭看她。「被人從蛇窟救出來後，我是很恨妳，但過了幾天，就什麼都想明白了。」

是了，林昊青並不傻。這麼多年，這麼多事，林滄瀾的行事作風，紀雲禾看在眼裡，心裡清楚，林昊青難道會毫無察覺嗎？

「護法，不要高估了自己。」林昊青神情淡漠地看著她。「讓我變成這樣的，並不是妳。」

是林滄瀾。

是他讓紀雲禾明白了，如果她在蛇窟邊不推林昊青下去，那麼，接下來，林昊青將面對越來越多的背叛與算計，直到他願意改變。

林昊青同樣也明白了……

所以他心甘情願地按照林滄瀾定好的路走下去，變成了他父親想要的模樣。

紀雲禾看著這樣的林昊青，四目相接，她一肚子的話此時竟然都煙消雲散。

「如果你都知道了，那我沒什麼好對你說的。」紀雲禾張開蒼白乾裂的唇，啞聲道：「少谷主多多保重。」

紀雲禾轉身欲走，林昊青卻倏爾開口道：「等等。」

紀雲禾微微側過頭來。

「妳今日來找我，就為此事？」

「就為此事。」

林昊青勾了一下唇角。

「是我給鮫人開了尾，讓妳覺得當年的事，妳做錯了，是嗎？」

紀雲禾默認。

「妳想改變些什麼，是嗎？」

紀雲禾聞言，心下微微轉念，回過頭來面對林昊青道：「少谷主有想法？」

「妳今日來，告訴了我一件事，雖然我已經知道了，但禮尚往來，我也告訴妳一件事。」林昊青上前兩步，與紀雲禾面對面站著。他微微俯身，唇瓣靠近紀雲禾耳邊，輕聲道：「我想與護法聯手，殺了……林滄瀾。」

他的話很輕，被風一捲，宛如蒲公英散在空中，但落在紀雲禾心尖，卻驚起層層波瀾。

紀雲禾眸光一動，睫羽微顫，第一時間並未搭話，直到林昊青直起身子，微微退開一步，紀雲禾看著他平靜的面色，心中確認，這個谷主之子，並不是在與她開玩笑。

他說的是真的，他要殺了林滄瀾。

他想弒父。

「你什麼時候開始想這件事的？」

「很久了。」

他平靜地說著，就像在說，這天已經陰了很久。

看到現在的林昊青，不知為何，紀雲禾心頭忽然湧上了一句話——林滄瀾成功了。

在改變林昊青的這件事上，他做得無人能及的成功。

「你不怕我去告密？」紀雲禾問林昊青。「林滄瀾不會允許你有這樣的想法，哪怕你是他兒子。」

林昊青笑了笑，對紀雲禾的話不以為意。

「我知道妳想要什麼。」林昊青盯著紀雲禾的眼睛。「妳不喜歡馭妖谷，想離開。」

紀雲禾眸光微動。「這你又是什麼時候知道的？」

「我此前一直隱隱有這個感覺，雖然林滄瀾逼迫妳做了許多事，但我不能確定，其中有沒有妳自己想做的。但這一次……青羽鸞鳥大亂馭妖谷，以護法的本事，不急著想辦法去攻青羽鸞鳥，困住青羽鸞鳥，反而跑去找那不知掉到什麼地方的鮫人……」

林昊青看著紀雲禾，臉上是志在必得的微笑。

「後來我查過與青羽鸞鳥一戰中，馭妖谷中失蹤的馭妖師。瞿曉星，赫然在列。雪三月被帶走，瞿曉星失蹤，而妳，那時候也想跑吧？」

紀雲禾默認。

「只可惜，妳想要的太多了，妳還想帶那鮫人走。」林昊青一抬手，輕輕拉住紀雲禾耳邊的髮絲。「老頭子看錯妳了，優柔寡斷、婦人之仁的明明是妳啊，雲禾。當時若沒有那鮫人拖累，妳現在應當也在馭妖谷外自在快活吧。」

紀雲禾將林昊青握住自己髮絲的手揮開。

「所以呢？你知道我想要什麼，你打算怎麼做？」

「我許妳自由。」林昊青道：「妳我聯手，大事得成，我作馭妖谷谷主，便許妳出谷，此生不再受馭妖谷束縛。」

這個條件對紀雲禾來說充滿誘惑，但是……

「我不能殺了林滄瀾。」

林昊青微微挑眉道：「妳沒有拒絕的理由。」

「只是你不知道這個理由。」紀雲禾道：「我被林滄瀾餵過毒，每個月，他指派卿舒給我送一粒解藥，從你掉入蛇窟之前，我便每個月都靠著他的藥活下去了。」

林昊青聞言，眉頭微微一皺。紀雲禾心頭了然，林滄瀾餵她毒藥的事，看來藏得著實夠深，怕是除了林滄瀾主僕兩人與紀雲禾外，再無第四人知曉。

「所以，我不能和你聯手，我要林滄瀾活著，除非……」紀雲禾看著他。「你把解藥給我，我只有這一個條件。」

風再次在兩人身邊捲過，沉默在紀雲禾這句話之後蔓延。

過了許久，紀雲禾才道：「少谷主，我與林滄瀾之間的恩怨，我不奢求有他人來為我了結，所以儘管我提出了條件，但我心裡知道，這個條件很難達到。」

紀雲禾看著沉默的林昊青，繼續道：「關於你們父子之間的恩怨，我也無能為力。我不過是個傀儡而已，事到如今，我所行之事，皆違背己心。但你放心，我對林滄瀾的厭惡不比你少，你告訴我的事，我不會告訴任何人。今日，告辭了。」

紀雲禾言罷，轉身離開。

「雲禾。」林昊青再次開口喚她，但這次紀雲禾沒再回頭，只聽他在自己身後輕聲說著：「妳以為，被他改變的只有我嗎？」

聽聞此言，紀雲禾腳步微微一頓，復而繼續邁步離開。

林昊青的意思，紀雲禾再明白不過。

和紀雲禾初識的林昊青不是現在的模樣，與林昊青初識的紀雲禾，也不會是現在這般模樣。

在這馭妖谷之中，她和這個曾經的少年，都已經改變了。

*

紀雲禾慢慢走回房間，背上被赤尾鞭抽打出來的傷口又裂開了，弄溼了後背的衣裳。她有些吃力地換下衣物，自己對著鏡子將藥粉灑在傷口上。但給自己後背上藥，實在太難了，弄了幾次，藥粉灑得到處都是，落到背上的卻沒有多少。

「唉……」

紀雲禾沒有嘆氣，房間卻倏爾傳來一道女孩子的嘆氣聲。紀雲禾眉梢微微一挑，隨即看向傳來嘆息的房間角落，一言不發地將手中的藥瓶扔了出去。

藥瓶拋向空中，卻沒有摔在地上，而是堪堪停在了半空中，宛如被人握住了一樣。藥瓶飄飄搖搖的，從空中搖晃而來。

「妳倒一點都不怕我接不住。」房間又傳來女孩子的聲音，音色俏皮且活潑。「待會兒摔碎了，我可不幫妳拿新的藥。」

紀雲禾聞言，卻是對著鏡子笑了笑。在經歷了昨日到今天的事情之後，她臉上的笑容總算帶了幾分真心。

「放妳出去這麼多年，這個瓶子都接不住，那我可該打妳了。」紀雲禾說著，向床榻上走去。

而那藥瓶晃晃悠悠地跟著她飄到了床榻邊。

紀雲禾往床上一趴，將自己血肉模糊的後背裸露出來，說道：「輕點。」

那藥瓶矮了一些，紅色的瓶塞打開，被扔到了一旁，女孩嬌俏的聲音再次傳出：「妳還知道叫輕點呀，我看妳回來，脫衣服給自己上藥的陣勢，像是全然不知道疼似的。我還道我的護法比之前更能忍了呢。」

隨著這唸叨的聲音，藥瓶挪到紀雲禾的後背上方，藥粉慢慢撒下，均勻且輕柔地鋪在紀雲禾的傷口上。

藥撒上傷口時，紀雲禾的疼痛終於在表情上顯露了出來。她咬著牙，皺著眉，拳頭握緊，渾身肌肉都緊繃著，而藥粉並沒有因此倒得快了些，仔仔細細地被撒到了每一個細小的傷口上。

直到藥瓶立起來，被放到一邊，紀雲禾額上的汗已經淌溼了枕頭。

「好了。」女聲輕快道：「藥上完了，繃帶在哪兒？妳起來，我幫妳包一下。」

「在那櫃子下面。」紀雲禾沙啞地說，微微指了一下旁邊的書櫃。

片刻後，書櫃門被拉開，裡面的繃帶又騰空「飄」了出來，在紀雲禾身上一層又一層地繞了起來。

紀雲禾瞥了一眼身側道：「還隱著身，防我還是防賊呢？」

「喔！」那聲音頓時恍悟，像是才想起這件事一樣。「平日裡這樣隱身活動方便，我都差點忘了。」話音一落，紀雲禾床榻邊，白色光華微微一轉，一個妙齡少女悄然坐在那處，手裡還握著沒有纏完的繃帶。

少女轉頭，咧了一個大大的笑容出來，就像是一個小太陽，將紀雲禾心頭的陰霾照散了許多。

洛錦桑，也是一個馭妖師，只是她與其他馭妖師不一樣的是，在所有人的印象中，洛錦桑是個已故之人。

她死在五年前立冬那日，馭妖谷中抓來的一隻雪妖瘋了，她去制伏雪妖，卻被雪妖整個吞了進去。所有人都以為她死了，紀雲禾也是這麼以為的。

洛錦桑性格活潑，天真可愛，是在這谷中難能可貴地保持著自己真性情的人。和雪三月不一樣，紀雲禾把自己的祕密和雪三月分享，她們共擔風雨，而對洛錦桑，紀雲禾則像保護妹妹一樣保護著她。

在洛錦桑「死」後，紀雲禾為此難過了很長一段時間。

等到漸漸走出悲傷，她卻發現……自己身邊開始發生很多難以解釋的事件……

比如屋子裡的食物老是莫名其妙不見，角落裡總是傳來窸窸窣窣的聲音，房門會在無風無雨的半夜忽然打開……

紀雲禾覺得自己宛如撞了鬼。

那段時間，素來心性堅強的她都被折騰到難以入眠，在屋中又掛黃符又燒香，好幾次找來雪三月，兩人蹲在屋裡，半夜等著「抓鬼」，卻毫無所獲。

折騰了大半個月，還是經離殊提醒，兩人才發現這房間裡有另一個看不見的人的氣息。又折騰了很長時間，紀雲禾與雪三月才確定了那人是洛錦桑。

洛錦桑被吞進雪妖肚子後，沒有斃命，雪妖被殺之後，她從雪妖肚子裡爬了出來，但所有人都看不見她了。她也不知道怎麼讓自己出現在眾人面前，說話沒人能聽到，甚至有時候還能穿牆而過，好似真的變成鬼了似的。

她十分慌張，第一時間就跑來找紀雲禾，但紀雲禾也看不見她，她只能蹲在紀雲禾屋子裡，不知所措，瑟瑟發抖，如此過了幾天，肚子還餓得不行，於是便開始偷拿紀雲禾房間裡的東西吃。

後來，在離殊的提點下，紀雲禾和雪三月開始研究「治療」洛錦桑的辦法。終於弄出了些心法，讓洛錦桑學了，雖沒辦法將她變得與常人一樣，但好歹讓她能控制自己什麼時候隱身了。

打那以後，紀雲禾便沒讓洛錦桑在他人面前出現過。她讓洛錦桑離開馭妖谷，去看外面的世界，去外面遊歷。她的「隱身之法」讓她變成了唯一一個不用受馭妖谷，也不用受朝廷控制的馭妖師。

洛錦桑時不時隱著身跑回來找紀雲禾，和她說說外面的事情。每當紀雲禾看著她，看她笑，看她鬧，紀雲禾總會覺得，這個人世還沒有那麼糟。

「錦桑，妳這次回來得有點慢了。」待得洛錦桑幫紀雲禾包紮完了，紀雲禾好整以暇地看著她。「都到哪兒瘋了？」

洛錦桑撓了撓頭道：「妳借花傳語給我，我早就聽到了，但……被那個空明和尚耽誤了一會兒。」洛錦桑笑得有些不好意思。

她與紀雲禾提過，她在外面喜歡上了一個不太正常的和尚，這個和尚不愛喝酒不愛吃肉，當然也不愛她，他就愛拎著一根禪杖到處走，見不平就管，見惡人就殺。

一點出家人的心性都沒有。

但洛錦桑喜歡他喜歡極了，天天跟在他後面追，奈何空明和尚不搭理她，神出鬼沒的，常常讓她找不到人。

「那和尚還那樣？」紀雲禾問她。

「哪樣？」

「見不平就管，見惡人就殺？」

「對呀！」

紀雲禾一聲輕笑：「遲早被朝廷清算。」

「可不是嗎！」洛錦桑一盤腿坐上了紀雲禾的床。「前段時間，他見一個老大的官作威作福欺壓窮人，就一棒子殺過去，把人家大官連帽子帶腦袋全都打掉了，唉……」洛錦桑狠狠嘆了口氣。「朝廷發通緝令，懸賞那麼高！」

洛錦桑把手高高舉起，比劃了一下，又噘嘴道：「要不是看在我喜歡他的份上，我都想把他抓去拿賞金了。」

紀雲禾笑道：「空明和尚出了這事兒，妳怎麼捨得回來？不去護著他了？」

「這要感謝咱們馭妖谷呀。」洛錦桑笑得眼睛都瞇起來了。「把那青羽鸞鳥一放跑，外面全亂了，大國師那邊，所有注意力都放在那隻鳥身上，空明和尚繼續逍遙自在，我就接到了瞿曉星，把他安頓好了，這不就馬不停蹄回來找妳了嗎？」

「瞿曉星安頓得妥當嗎？」

「妥妥當當的。沒問題，我跟大和尚在地上打了好久的滾，讓他幫我照看瞿曉星。那和尚脾氣差了點，但是說一不二的，答應人的事從不食言，不會騙我。」

紀雲禾搖頭，連連感慨：「嘖嘖，不得了了，現在能把空明和尚拿捏住了啊。」

洛錦桑嘿嘿一笑：「妳呢？我家雲禾叫我回來幹嘛來著？妳這是為什麼挨打呀？」

提到這事，紀雲禾面上的笑漸漸收了起來。

「錦桑，我要妳去幫我偷林滄瀾的藥。」紀雲禾沉著臉色道：「越快越好，馭妖谷，要變天了。」

不管谷主是林滄瀾還是林昊青，對紀雲禾來說，都不是什麼好事。

對她來說唯一的好事，就是離開這裡。

而現在，她還想帶著長意一起離開這裡。

*

紀雲禾將這段時間以來馭妖谷的變化告訴了洛錦桑。

洛錦桑聞言，沉默許久。

「雲禾呀，恕我直言，我幫妳偷藥沒問題，我裝扮裝扮說不定還行，但妳要我幫妳把鮫人偷出去，這可真的沒有辦法呀，他那麼大一隻。」

紀雲禾沉默。她並沒有打算讓洛錦桑去把長意偷出來，她知道這是不可能完成的任務。要帶長意走，她現在也沒有想到好辦法。

「雲禾呀，妳要不和林昊青合作一下，如果你們能一起把林滄瀾殺了，那到時候解藥還不隨便妳找，林昊青也許諾妳自由了呀。」

紀雲禾搖搖頭道：「風險太大。一是拿不準林昊青有沒有那麼大的本事，二是……我拿不準，現在的林昊青是什麼樣的人。」

「什麼意思？」

紀雲禾看著洛錦桑，笑道：「妳看，林昊青和我說這話，或許有兩個陰謀呢。第一，他在詐我。說要與我去殺林滄瀾，但並不動手，而是背地裡做手腳，讓林滄瀾發現我要謀反，從而除掉我。再者，他真有本事殺了林滄瀾，也不一定會信守承諾放過我，狡兔死走狗烹，殺父都行，殺我有何不可？」

洛錦桑聽得有些愣，說道：「也是……不過，他就不怕妳把他的陰謀告訴林滄瀾嗎？」

「林滄瀾自負，他一直以來就想將林昊青變成這樣。自己一手養出來的人，他心裡會沒個底？若是真有那天，林滄瀾死在林昊青手上，那老頭子怕是驕傲得很。而在那天之前，只要林昊青不動手，他就會縱容他。在老狐狸心中，這馭妖谷本就是他們父子二人的天下，而且……」紀雲禾頓了頓後道：「林昊青也篤定我不會告訴林滄瀾。」

「為什麼？」

「我對林滄瀾的厭惡，這天下，林昊青最懂。」

紀雲禾忍不住自嘲一笑。

所以林昊青說她變了，她也因為對一個人的厭惡與仇恨，變得和他一樣醜陋。

滿心算計，左右躊躇。想要報復，卻也捨不了眼前的苟活。

真是難看。

「怎麼選都錯……」洛錦桑皺眉。「這樣說來，若非將他們父子兩人都除掉，便沒有最安全的辦法了？」

紀雲禾沉默。

洛錦桑眼珠一轉。

「哎！對了！不是還有朝廷大國師順德公主嗎！咱們可以借刀殺人呀！」洛錦桑興沖沖地拉著紀雲禾道：「順德公主不是其願有三嗎！現在就差最後一個了，妳把那鮫人馴服，交給順德公主，讓他給順德公主帶話，道出林滄瀾多年陽奉陰違，私自用妖怪煉藥……」

林滄瀾給紀雲禾的藥，便是從這些妖怪身上煉出來的。

紀雲禾先前沒打算告訴洛錦桑，是有一次她做錯了事，林滄瀾不給她當月的解藥，她在房中毒性發作，恰逢洛錦桑回來，看見了她的慘況，方才知曉。

「妳讓鮫人把這些事告訴順德公主，然後再潑林昊青一盆汙水。朝廷最恨馭妖師明面一套暗裡一套，彼時，林氏父子勢必被朝廷摒棄，而妳可以順理成章坐上谷主之位。」洛錦桑道：「那時，妳可能才算是真正獲得安全和自由。」

紀雲禾轉頭盯著洛錦桑道：「妳天天和空明和尚混在一起，他就教妳這些權謀之術？」

紀雲禾的神色讓洛錦桑一愣，她有些膽寒地退了一步。

「不是他教的啊……他話都不願意和我多說兩句的。這些……這些事，在馭妖谷不是很常見嗎，利用馴服的妖怪，去達官貴人的耳邊吹吹風，幫助自己做一些什麼事……」

是的，再常見不過了。

但她一直以來，都不想讓洛錦桑沾染這些。更不想被自己利用的人，是長意……

「我送鮫人入宮，那鮫人呢？他怎麼辦？」紀雲禾問洛錦桑。「妳去宮裡，在順德公主身邊，在大國師的監視下再把他救出來嗎？」

洛錦桑愣了愣。

她和很多馭妖師一樣，根本沒有從妖的角度去看待這件事。

「我是……想不到別的破局的辦法了……」

紀雲禾微微嘆了一口氣。

「總之，妳這段時間先幫我探林滄瀾那邊的情況，注意觀察他的起居。他總有將解藥藏起來的地方，先拿到解藥，我們再謀後計。」

「好，我今天就去盯著。」

洛錦桑說著，心法一動，她的身體又在空中慢慢隱去。

紀雲禾披上衣服，走到了門邊。

「咦？妳不歇會兒？」空中傳來洛錦桑的聲音。

「嗯，還不到歇一歇的時候。」

紀雲禾出了門，徑直向囚住長意的地方而去。

到了牢外，看守的馭妖師們都回來了，左右站著。紀雲禾將他們都遣退了，獨自進了牢中。

長意還在沉睡。

平靜的面容彷似外面的所有爭端都與他無關。紀雲禾看著他的面容，剎那間，那複雜吵鬧的思緒，在這瞬間都安靜了下來。

鮫人原來還有這樣的本事，紀雲禾想，怎麼能讓人一見就心安呢？

她坐在長意身邊，將他的腦袋放在了自己腿上。給他枕一下，想來會舒服很多。

而剛將長意的頭放在自己腿上，那雙藍色的眼瞳便睜開了。他看著紀雲禾，眨了眨眼，眨散初醒的矇曨，說道：「妳來了。」

「嗯。」

沒有多餘的話語，便讓紀雲禾感覺，他們彷彿不是在這囚牢之地相遇，他好似是個隱士，在山間初醒，恰遇老友攜酒而來，平淡地問候了句「妳來了」。

長意坐了起來，微微一動腿，他一愣，雙手摸到自己腿上。他腿上還蓋著紀雲禾先前離開時幫他蓋的外衣。

沒有掀開那層衣服，他只是隔著棉布摸了摸那雙腿。

紀雲禾看得心尖一澀，說道：「長意……抱歉。」

長意轉頭，眼中並無痛苦之色。「我沒怪妳。」

「我知道，但是……」紀雲禾也輕輕將手放到了他腿上。「還是抱歉……一定，很痛吧……」

「嗯。」長意誠實地點頭，再次讓紀雲禾心頭一抽。

她抬了手，長意忽然動了動鼻尖。他不在自己雙腿的話題上糾纏，眉頭微微皺了起來道：「血腥味？」他轉頭，俯身，在紀雲禾脖子處輕輕嗅了嗅，微涼的呼吸吹動紀雲禾頸邊的細髮。

紀雲禾微微側了下身子。

長意開口問她：「妳受傷了？」

「小傷。」

「血腥味很重。」

紀雲禾動了動唇角，腦海中閃過的卻是昨日夜裡，她看到長意被掛在牆上的畫面。她的傷，哪算得上血腥味很重……

「沒事，皮肉傷。」

「痛嗎？」

紀雲禾張嘴，下意識想說不痛，但她觸到了長意真摯的目光。這一瞬，好像那些冠冕堂皇的話，都再難說出口來。也是這恍惚間，紀雲禾覺得，自己的逞強和堅硬都是不必要的。

「痛。」

破天荒地，她心中的銅牆鐵壁忽然開了一個口，她終於把這個字說出了口：「痛。」不說，是因為不值得說。而此時，紀雲禾認為，面前這個鮫人是值得她喊痛的。

像是要回應她，長意有些艱難地抬起了手，落在她的頭頂，然後順著她的頭髮摸了摸，從頭頂摸到她的髮尾，一絲不苟，像孩子一樣認真。

「摸一摸，就好了。」

紀雲禾看著長意，感受著他指尖的微涼，鼻尖倏爾有些酸澀。

唉……

大尾巴魚，真是笨呀。

而此時的紀雲禾，也認為自己大概是被傳染笨病了。

不然，她怎麼會覺得自己的傷，真的在這種「摸一摸就好了」的「法術」中……癒合了呢？

＊

此後幾日，谷中相安無事。

比起前些日子一樁接著一樁的大事，馭妖谷平靜太多，大家好似又回到了往日的狀態，平靜之下卻難掩越發緊張的態勢。

所有人都關注著馴服鮫人一事。

洛錦桑日日盯著林滄瀾，沒有找到解藥的所在之地，卻聽到了不少谷中馭妖師們的言論。

大家都在討論著，馭妖谷谷主之位，怕是要落到紀雲禾手中了。

唯獨紀雲禾沒有將此事放在心上。

洛錦桑日日跑回來和她說，大家都認為最後馴服鮫人的一定是紀雲禾，大家也都篤定，如果紀雲禾達成了順德公主的第三個願望，那麼林滄瀾勢必將谷主之位傳給她。

「他們說得信誓旦旦，我都要相信了。」洛錦桑對紀雲禾說：「妳說，林滄瀾會不會信守承諾一次，當真將谷主之位傳給妳？」

紀雲禾笑望洛錦桑道：「他真傳給我了，他兒子怎麼辦？老狐狸就這麼一根獨苗，他以後壽終正寢了，等著我馬上把他兒子送下去陪他嗎？」

洛錦桑有點愣住。「妳真要這樣做啊？」

紀雲禾敲敲洛錦桑的腦袋道：「妳可醒醒吧。這事兒可輪不到我來選擇。妳好好幫我查藥在哪裡就行。」

「好吧。」

紀雲禾並不關心谷中甚囂塵上的傳言，也不關心忽然沉寂下來的林昊青在謀劃什麼。這些事情她便是操心也沒什麼用。在這緊要關頭，大家好像都有自己要忙的事，沒有人來折騰她，她倒樂得輕鬆，過上了「偷得浮生半日閒」的日子。

她日日都去牢中見長意，先前在大殿上討到了林滄瀾的許可，她在的時候，便可自由遣散其他馭妖師，給他們挪出空間相處。

而紀雲禾去見長意也沒什麼要做的，她把自己的茶具搬了過去，用兩塊大石頭搭了個茶台，在簡陋得有些過分的地牢裡，和長意泡茶聊天。

沒人知道紀雲禾在地牢裡和長意做什麼，他們只知道護法日日拎著茶壺過來，又拎著茶壺回去。猜得過分的，以為紀雲禾在給長意灌迷魂湯，弄得那鮫人沒被綁著也不再像初入谷時那般折騰。

紀雲禾從洛錦桑口中聽到這個傳言，找了一日拿茶壺給長意倒了碗水，問他：「這是迷魂湯，你喝不喝？」

長意端著一碗剛燒開的水，皺了眉頭說：「太燙了，不喝。」

紀雲禾的笑聲從牢裡傳到了牢外：「長意，我有沒有和你說過，我真是很喜歡你的性子。」

「沒說過，不過我能感受到。」

「感受到什麼？我對你的喜歡嗎？」

紀雲禾本是開玩笑一問，但長意端著開水的手卻是一抖，滾燙的水落在他腿上，過了好一會兒他才反應過來，把碗放在桌上，擦了擦自己的褲子。

他剛開始穿褲子，還不是很習慣這樣的裝扮，兩條腿也總是併在一起。這開水一灑，直接在褲子兩邊都暈開了。

紀雲禾連忙用袖子去擦，問他：「燙不燙？」

紀雲禾俯身，長意有些愣神地往後面躲了一下。

「怎麼了？」紀雲禾問他。「碰你的腿，還痛嗎？」

「不……」長意看著紀雲禾，偏著頭遲疑了會兒。難得看到長意猶豫，紀雲禾也有點摸不著頭緒。她還在琢磨自己剛才是否說錯話了，便見長意有些糾結地問她：「妳喜歡我？」

這四個字一出，紀雲禾也有點愣住。

這大尾巴魚……是跟她較這個真呢……

「朋友間的喜歡。」紀雲禾解釋道：「在意、關心。」

長意點點頭，表示明白：「妳我之間雖有朋友情誼，但非男歡女愛，言詞、行為還是注意些好。」長意正經八百地看著紀雲禾，說出這段話，又將紀雲禾聽笑了。

「你這大……」她頓了頓，笑容微微收斂了些，轉而微嘆了口氣。「你這性子，到底是怎麼養成的？明明純樸如赤子，偏偏又重一些莫名其妙的禮節。我算是看出來了，你在男女大防一事上，比我計較多了。」

「理當計較，我族一生只認一個伴侶，認定了便有生死與共之契約，永受深淵之神的凝視。不可誤己，也不可誤人。」

一生只伴一人，也難怪這麼慎重了。

「你們可真是個專一的種族。」

不僅專一，而且真誠、不屈，永遠向著自己本心而活。

他們活著的樣子，真是閃耀得讓紀雲禾自慚形穢。

「真羨慕你們鮫人，把我們人類在書中歌頌的品德都活在了身上。」

「人類為什麼不能這樣活？」

紀雲禾默了片刻後道：「我也不知道，這個問題或許有很多答案吧。我唯一能想到的就是——人類要的……太多了。」紀雲禾倒了一杯茶。「不聊我的世界了，你已經窺見一二了。」紀雲禾看向長意。「你們鮫人的世界是什麼樣的？」

「很安靜。」長意說。「在海裡，大家都不愛說話。」

「你們吃什麼？」

「都吃。」

「都吃？」她上下打量了長意一眼，在她的印象中，長意該是不食人間煙火的謫仙，原來他在海裡還是一個深海大霸王嗎……

這個回答有點嚇到紀雲禾。

欺凌小魚小蝦……

「海藻、貝類、其他的魚。不吃同族。」

「那你最喜歡吃什麼？」

「貝類。肉很嫩。」

嗯，紀雲禾忽然覺得面前這個看起來甚至有點寡淡的鮫人，一瞬間變得血腥了起來。

「那你們睡哪兒呢？」

「每個鮫人喜歡休息的地方不一樣。」長意喝了口茶。「我喜歡吃了大蚌之後，睡在牠們的殼裡。」

紀雲禾嚥了口唾沫。「貝類做錯了什麼？」

讓你給欺負得……連吃帶睡……

長意指了指大石頭上，紀雲禾拿來的烤雞說：「牠也什麼都沒做錯，只是好吃而已。」

懷璧其罪……

紀雲禾撇了撇嘴，扯了一隻雞翅膀下來，說：「如果有機會，真想去你們海底看看。那裡是不是一片漆黑？」

「我的大蚌裡有一顆大珍珠，自己會發光，能照亮妳身邊所有的東西。」

「多大？」

「和妳人差不多大。」

紀雲禾震驚：「那你住的蚌有多大？」

長意仰頭看了看牢籠說：「比這裡大。」

紀雲禾沉默了許久，搖頭感慨道：「你們鮫人……怕不是什麼深海怪物吧……動不動吃掉比房子還大的一個蚌，還睡在裡面……用人家辛辛苦苦孵出來的大珍珠照明……如此細數而來，人類做事還是很講道理了。」

長意想了想，認真和紀雲禾道：「我不騙牠們，看著大蚌，一開始就沒打算讓牠們活下去。其他的，也是物盡其用罷了。我們不喜奢靡浪費。」

專一而真誠的鮫人一族，連吃了別人也是專一而真誠的。

紀雲禾點點頭道：「你說得讓我更想去海底走走了。」

「嗯，有機會帶妳去。」

紀雲禾點頭應好，但一低頭，看見長意穿上褲子的雙腿，隨即又沉默下來，沒再多言。或許她……並不該和他聊關於大海的故事……

紀雲禾嘆了口氣，握住茶杯，剛想再喝一口，忽然間心口一抽，劇烈的疼痛自胸口鑽出。她一愣，立即捂住心口。

「怎麼了？」

紀雲禾沒有回答長意，她喘了口氣，額上已經有冷汗淌下。

劇痛提醒著她，在這麼多日的悠閒中，她險些忘了，這個月又到了該吃解藥的日子，而這個月的藥，林滄瀾並沒有讓卿舒幫她送來……

第八章 同謀

紀雲禾踉蹌地站起身來。

身形微微一晃，打翻了大石頭上的水壺，燒開的水登時灑了一地。

乒乒乓乓的聲音霎時打破地牢方才的祥和。

長意皺眉看著紀雲禾，神色有些緊張。

「妳身體不適？」他站起身來，想要攙扶紀雲禾。

紀雲禾卻拂開了長意的手。她不想讓長意知道，此時此刻她的脈象有多亂。

紀雲禾搖搖頭，根本來不及和他解釋更多。

「我先回去了，不用擔心。」留下這句話，她站起身來，自己摸著牢門踉蹌而出。

出了囚牢，紀雲禾已有些眩暈。她仰頭望，夕陽正在落山，晚霞如火，燒透了整片天。

紀雲禾搖搖晃晃地走著，幸虧路上馭妖師大多都已經回去了，沒什麼人，紀雲禾也專挑人少的路走，一路倉皇而行，倒也沒惹來他人目光。

待得回到院中，紀雲禾在桌上、床榻上翻看了許久，卻未找到卿舒送來的解藥。

她只得在房間咬牙忍耐。

但心尖的疼痛卻隨著時間的延長而越發令她難以忍受，像是有千萬隻螞蟻咬破她的皮膚，順著她的血管爬到了五臟六腑中一樣。牠們撕咬她的內臟，鑽入她的骨髓，還想從她身體裡爬出來。

紀雲禾痛得跪坐在地，好半天都沒有坐起來。

不知在這般疼痛之中煎熬了多久，終於，這一波疼痛漸漸舒緩了。紀雲禾知道，這是毒發的特性，疼痛是間歇性的，方才只是毒發的第一次疼痛，待得下一次疼痛襲來，只會比這一次更加難熬。

紀雲禾以前抗拒過林滄瀾的命令——當林滄瀾要紀雲禾把林昊青推進蛇窟的時候。她在這樣生不如死的痛苦中生生熬了幾日。

那幾天身體的感受讓她終身難忘，以至於到現在，即使知道林滄瀾是用解藥在操控她，將她當作傀儡，即使厭惡那解藥厭惡到了極點，但每個月時間一到，卿舒送來藥後，她也不敢耽誤片刻。

劇痛不會要她的命，卻足以消磨她的意志與神智。

讓她變得狼狽，變得面目全非。

紀雲禾在疼痛消失的間隙裡再次站起來。她沒有再找解藥，她知道不是她找不到，而是這一個月，卿舒就是沒有送解藥過來。

「錦桑……」紀雲禾咬牙，聲音沙啞地呼喚著：「錦桑……」

她想去院裡借院中花給洛錦桑傳信。

借花傳信是她們之間特殊的連結，是以前教洛錦桑控制隱身術的心法時，她與雪三月一同研究出來的。

而這個辦法也只能用來聯繫洛錦桑，雪三月和她之間卻不能通過這樣的心法來聯繫。好像是那個將洛錦桑吞入肚子裡的雪妖，賜給她的另一個與天地之間聯繫的辦法。

紀雲禾拉住房門，本想穩住自己已經有些站不住的腿腳，但垂頭之間，卻看見地上飄著一張薄紙，像是隨便從什麼地方慌張撕下的。上頭洛錦桑筆法倉促地寫了一句話——

「有人說空明和尚被抓了，我出谷去看看，很快回來。」

紀雲禾見狀，恨得將紙團直接燒了。

「那個禿子！真是壞事！」

紀雲禾心知再過不久，疼痛便又將襲來。卿舒不來，她也沒辦法再等下去了。紀雲禾轉身，拿了房中的劍，向厲風堂而去。

她一路用劍撐著，避開他人，從厲風堂後院摸了進去。

奇怪的是，今日厲風堂並沒有多少人把守。

及至林滄瀾的房間，外面更是安靜，一個人也沒有，紀雲禾如入無人之境。她心中雖覺奇怪，可此情此景卻容不得她思慮太多。

她走到林滄瀾房間外，並未叩門，直接推門進去，房門裡也沒有上鎖，紀雲禾徑直闖了進去。

到了屋中，更是奇怪。

若是平日有人膽敢擅闖林滄瀾房間，身為林滄瀾的妖僕，卿舒早就是手起刀落，要拿人項上人頭。而現在，屋中一片安靜，靜得只聽得見紀雲禾胸腔中不受控制的強烈心跳聲。氣氛陰森得有些可怖。

紀雲禾用劍撐著身體，往裡屋走去，邁過面前的巨大屏風。紀雲禾看見，裡屋點著蠟燭，蠟燭跳動的黃色火光將三個人影映在竹簾上。

紀雲禾一愣。

她現在雖然身體不適，但神智還是在的，她能看見這陰影代表著什麼……

坐在輪椅上的林滄瀾，站在林滄瀾面前的卿舒，還有……在林滄瀾身後，用劍抵著林滄瀾脖子的……林昊青。

這個少谷主，他到底是動手了，他當真要弒父了。

紀雲禾站在竹簾之外，像是闖入了另一個空間一樣。這一瞬間，她屏息無言，而屋中的三人亦沒有說話。

直到她心尖疼痛再次傳來，她忍不住捂住心口，微微動了一下身子。

在這極致的安靜之中，紀雲禾的些許動靜便能讓屋中三人察覺。

裡面，到底是林昊青先開了口：「雲禾，殺了卿舒。」

紀雲禾從外面便能知道裡面僵持的形勢。林滄瀾老了，林昊青先前敢動殺林滄瀾的心思，定是在與青羽鸞鳥一戰中看出了端倪，所以他敢動手。而此時，林昊青挾持著林滄瀾，卿舒不敢貿然動手，但若是林昊青將林滄瀾殺了，卿舒也必然不會放過他。

三人僵持，相互制衡，紀雲禾此時前來，便是一個破局之力。

她殺卿舒，林昊青贏，她對林昊青動手，林滄瀾便能得救。

林昊青膽敢率先開口，是因為他知道紀雲禾的內心有多麼憎惡這個操控她多年的老狐狸，而卿舒……

「紀雲禾，毒發的滋味不好受吧，谷主若有事，妳永遠也別想再得到解藥。」

紀雲禾握緊手中長劍，心口的疼痛越發劇烈，而在這劇烈的疼痛當中，夾雜著的這麼多年來對林滄瀾的恨意，也越發濃烈。

從心，抑或認命……

又是擺在紀雲禾面前，一道難以選擇的題。

「妳還在猶豫什麼？」林昊青道。

「妳有什麼好猶豫的。」卿舒亦如此說著。

身體的疼痛與一簾之隔的壓力同時擠壓著紀雲禾的大腦，力與力之間撕扯著，較量著。

她的心跳，在這只有一盞燭光的夜裡，跳得越發驚天動地。

「哼，稚子。」

林滄瀾蒼老的冷笑打破了房中僵局。

「老夫在你們這個年紀，行何事皆無所懼。若非年歲不饒我……」他說著咳了兩聲，聲音震動間火光跳動，紀雲禾眉目微沉，心道不妙。

而便在此時，卿舒未執劍的手一動，一粒石子打上林昊青的長劍。長劍震顫，嗡鳴不斷，林昊青虎口宛如受大力重創，長劍脫手而出，林滄瀾身下輪椅滑動，霎時離開林昊青的鉗制。

卿舒投在竹簾上的身影便在此時如電般閃了過去。

當即，紀雲禾腦中什麼都沒來得及思索，她牙關緊咬，壓住心頭劇痛，身體便瞬間竄了進去，手中寒劍出鞘，劃破竹簾，只聽鏗鏘一聲，紀雲禾的劍與卿舒手中的劍短兵相接。

劍氣震盪，呈一個圓弧砍在屋中四周梁柱與牆壁上，本還在修繕的房屋登時受到重擊，房梁「轟轟」作響，整個房屋好似已經傾斜，屋頂的瓦片在房屋外面摔碎的聲音宛若落下的雨點。

紀雲禾擋在林昊青身前，目光冷冽，盯著與她兵刃相接的妖狐卿舒。

「妳做的選擇，很令人失望。」

及至此時，紀雲禾已經擋在了林昊青面前。她身前受著卿舒妖力的壓制，身體中盡是毒藥撕裂的疼痛，但在那心中的方寸之地，她卻覺得痛快極了。

「是嗎……」紀雲禾嘴角微微一勾，道：「我倒覺得不賴。」

卿舒聞言目光一冷，她還未來得及有更多動作，忽然之間身側傳來一聲悶哼，是林滄瀾的聲音。

剎那間，卿舒從未帶有感情的雙瞳猛地睜大，她看著身側，一臉的不敢置信。

紀雲禾狠狠一揮劍，將她擋開。

卿舒連連退了三步，握著劍，看著一旁，沒有再攻上前來。

紀雲禾順著她的目光望去。

剛才被紀雲禾從卿舒劍下救了的林昊青，此時站在林滄瀾身邊，他手中的劍插在林滄瀾的心口上。

坐在輪椅上的林滄瀾，著實年老體衰，根本沒有反抗的力氣。

林昊青賭對了。

與青羽鸞鳥一戰之後，林滄瀾便只剩這一副軀殼，只剩之前的威名。沒有卿舒的保護，他已經什麼都做不了，甚至連要擋住林昊青的劍，也無力做到。

林滄瀾那一雙陰鷙的眼瞳死死盯著林昊青道：「好……好……」他一邊說話，嘴中一邊湧出鮮血，聲音模糊得幾乎讓人聽不清。「你有狠心殺了老夫，你……」

似乎不想再聽林滄瀾將最後的話說完，林昊青抬手徑直將林滄瀾胸中的劍拔出，步伐一轉，行至他輪椅之後，抓住林滄瀾的頭髮，長劍一橫，徑直將林滄瀾的喉嚨割斷。

鮮血噴濺而出，伴隨屋外瓦礫破碎之聲，宛如大廈將傾。

紀雲禾沒有想到……沒想到林昊青的果斷，也沒有想到他的手法竟如此俐落乾脆。

他真的將林滄瀾殺了。

他真的殺了這個老狐狸──他的父親。

這一刻的震驚，幾乎讓紀雲禾忘記了身體中的疼痛。而林昊青也是在溫熱鮮血噴湧而出的此刻，才彷彿意識到自己做了什麼一樣。

他將劍握在手裡，微微張開了嘴，呼吸著，胸腔劇烈起伏，片刻之後，終於發出了一道聲音：「哈……」

他笑了出來：「哈哈！他終於死了。」

那像是一道開關，將呆愣在旁的卿舒驚醒。

「谷主！」卿舒咬牙，目眥盡裂地瞪向林昊青。「我殺了你！」卿舒執劍而上，紀雲禾這次還想攔，身體裡湧上來的劇痛卻讓她再無法像剛才那樣快速追上。

眼看卿舒這一劍便要刺上林昊青胸膛，林昊青握著劍，目光狠戾，那帶血的劍一挽劍花，徑直將卿舒的劍打回。

卿舒與林滄瀾有主僕契約，像離殊和雪三月一樣。卿舒是發誓永遠效忠林滄瀾的妖僕。

在發誓效忠一個主人的時候，妖僕會將自己身體裡的一部分妖力讓渡給主人，以示遵從。而在林滄瀾死後，那一部分妖力並不會消散，而是會回到妖僕身體之中。

照理來說，此時林滄瀾身死，卿舒多年前讓渡給林滄瀾的那份妖力應該會回到卿舒體內。卿舒只會比林滄瀾在的時候更難對付。

而林昊青卻如此輕而易舉地擋開了她。仔細想來，方才紀雲禾那從心而來的一擋，雖是用盡全力，但在她毒發之時，理當沒有辦法完全招架住卿舒。

卿舒的力量不該如此虛弱，林滄瀾也是……

他們的靈力和妖力就像是在青羽鸞鳥一戰之後，忽然間就減弱了許多。

紀雲禾此時思索不出緣由。她只見忽然沒了主人的卿舒宛如瘋了一般，瘋狂地攻擊林昊青。林昊青一開始尚且還能抵抗，但時間稍微長了些後，他仍舊不是卿舒的對手。卿舒到底是活了這麼多年的大妖怪，在林滄瀾身邊這麼多年，更是不知道替他參了多少戰，殺了多少人。

論對戰經驗，林昊青怕是拿出吃奶的力也必然不是她的對手。

此時此刻，紀雲禾雖然毒發，但也只好拖著這毒發之身，強忍劇痛與卿舒拚死一戰！不管這林昊青今天做了什麼，今後又將變成什麼樣的人，她之前做了選擇，那便要一條道走到底。

心中下了決定，紀雲禾當即重擊自己身上死穴，剎那間，她周身血脈盡數倒流，四肢登時麻木，毫無知覺。

而便是這樣的「以毒攻毒」讓她短暫緩解了身體裡難以承受的劇痛。

紀雲禾心中清楚，她這緩解疼痛的法子，若是在三招之內殺不死卿舒，那不用別人殺她，她將自己經脈逆行，暴斃而亡。

不再耽誤，紀雲禾五指將長劍握緊，在林昊青避讓卿舒的招式時縱身一躍，自卿舒身後殺去，一招取其項背。

卿舒察覺身後殺氣，凌空一個翻轉，躲過紀雲禾的殺招。紀雲禾當即招式一變，落地之後腳尖點地，宛如馬踏飛燕，踏空而上，再取卿舒下路。

卿舒目光一凜，背過身去，以後背接下了紀雲禾衝她腰腹而來的殺招。

紀雲禾的劍氣將卿舒擊飛出去，致使卿舒後背鮮血直湧，卻沒有影響她回身反殺紀雲禾的劍招。她的妖力帶著她的身體凌空一轉，那身體與長刃宛似拉滿弓射出來的箭，徑直向紀雲禾殺來。

紀雲禾眼看避無可避，而方才被紀雲禾救下的林昊青，腳下倏爾將紀雲禾膝彎一踢。

紀雲禾直接跪倒在地，後背往後一仰，整個人躺在地上，她反手拿著長劍，撐在自己額頭之上。

卿舒殺過來的時候，整個人直接從紀雲禾的劍刃上滾過。

鮮血灑了紀雲禾滿臉。

紀雲禾甚至無暇去管卿舒死活，在卿舒自她身前飛過後，紀雲禾立即抬手，再次重重擊打在自己的身體死穴之上。

經脈逆行霎時停止，血液恢復運轉，劇痛再次席捲全身。

及至此時，紀雲禾方才忍痛咬牙，轉身一看。

威風了一世的妖僕卿舒一身是血地摔在房間角落。

她衣服與臉上都是劍刃劃過的血痕，看起來出奇的可怕。她還想撐起身子，但渾身的血都往外湧，讓她已經沒有力氣再站起來。她面上泛出死灰色，此時卻不再看紀雲禾，也不再看林昊青，她目光越過兩人，直直落在後面的林滄瀾身上。

「你不該這麼做。」卿舒說著：「你若是知道你父親做了什麼，你就該知道他今日會走到如此地步，一半是為了大業，一半是為了你。你不該毀你父親大業。」

大業？

紀雲禾捂住心口，望著卿舒。她無力接話，但林昊青還可以。他冷冷望著卿舒。

「而他的大業已經毀了我的半生。」

「狹隘……」

卿舒目光沒有再從林滄瀾身上挪開，她再沒有說別的話，直至氣息完全停止，她躺在地上，身體登時化作一抔塵土。

妖怪死後，便是如此，越是純粹，越是化於無形。卿舒如此，讓紀雲禾看得有些心驚。

她死後這般形態，其妖力與離殊約莫不相上下。

離殊死前以一人之力破了十方陣，這狐妖卿舒……妖力遠不該只是今日之戰般體現……

她所說的林滄瀾的大業……又是什麼？

沒有得到回答，心口的疼痛讓紀雲禾忍不住悶哼出聲。她跪在地上，壓住心口，只道林滄瀾已死，卿舒也已死，這世上再無人知曉解藥下落。

她先前還與長意說以後要去海底看看，卻沒有想到……今日，竟然是她的最後一日，以後……再沒有以後了……

＊

紀雲禾絕望地跪在地上，忍受著身體中的劇痛。

此時此刻，她恍惚間想到了許多事。她想到在來馭妖谷之前，她作為一個有隱脈的孩子，一直被父母帶著，到處躲避朝廷的追捕。但到底是沒有躲過，她的父母被追捕的士兵抓住，當場被殺，她也被抓到了這馭妖谷來。

一直到現在，這麼多年，幼時痛失雙親的悲痛早已被這麼多年的折磨抹平，此後她一直活在被林滄瀾操控的陰影之下。

她一直想著，謀劃著，有朝一日她能不再被林滄瀾操控，她可以踏出馭妖谷，在外面的大千世界裡走著，笑著，自由自在，無拘無束。

但很可惜，她現在終於達成了第一個願望，她不再被林滄瀾操控，但她卻永遠沒辦法離開馭妖谷了……

真想……嗅一嗅外面世界的花香。

紀雲禾忍受著劇痛，同時也無比希望自己能直接被痛得暈死過去，然後平靜地迎接死亡。

但老天爺似乎並不想讓她死得輕鬆，在紀雲禾以為自己要撐不下去的時候，旁邊忽然有人將她扶了起來。

唇齒被人捏開，一顆藥丸被塞進了她嘴裡。

這藥丸的味道如此熟悉，以至於當藥丸入口的那一刻，紀雲禾被痛得離開大腦的神智霎時又被拉了回來。

解藥！

求生的欲望再次燃起，紀雲禾拚著最後一點力氣，費力將藥丸吞下。

紀雲禾清晰地感覺到藥丸滾過自己的喉頭，滑入腸胃之中，劇痛在藥丸入腹的片刻後，終於慢慢減輕，最終消散。而這次的藥丸又好似與之前紀雲禾吃過的解藥都不一樣。

在藥丸入腹之後，她不僅感覺疼痛在消失，更是感覺藥丸中有一股熱氣，從腸胃裡不停往外湧出，行遍她的四肢百骸，最終聚在她的丹田處，像是一層一層要凝出一顆丹來。

待得疼痛完全消失，那熱氣也隨之不見。

紀雲禾終於重新找回神智。她抬頭一看，只見紙窗外，初來時，剛黑的天現在竟已微微透了點亮進來。

原來這一夜已經過去。

她渾身被汗溼透，抬起頭來的時候，像是被從水中撈出來一樣，髮絲都在往下滴水。

紀雲禾忍過片刻後的暈眩，終於將周圍的事物都看進了眼裡。

她已經沒有再躺在地上，她被抱到了床榻上——林滄瀾的床榻。林昊青此時坐在紀雲禾身邊，他看著紀雲禾，目光沉凝。他們兩人身上都是乾涸的血液，而此時，屋中還有林滄瀾已經發青的屍體。

混著外面清晨的鳥啼，場面安靜且詭異。

「這生活，可真像一齣戲。」紀雲禾沙啞著聲音開口，打破霧靄朦朧的清晨詭異的寧靜。「你說是不是，少谷主。喔……」她頓了頓。「該叫谷主了。」

林昊青沉默片刻，竟是沒有順著紀雲禾這個話題聊下去。他看著紀雲禾，開口道：「妳身上的毒如此可怕，是如何熬過這麼多年的？」

原來昨天毒發的時候，林昊青還一直守在她旁邊嗎……

紀雲禾看了林昊青一眼，道：「所以我很聽話。」她看了旁邊的林滄瀾屍體一眼，轉而問林昊青：「解藥，你是從哪裡找到的？還有多少顆？」

「只找到這一顆。」

紀雲禾微微瞇起眼睛，打量著林昊青。

兩人相識這麼多年，林昊青豈會不明白紀雲禾這個眼神背後在想什麼？他直言：「昨日夜裡，妳來此處時，尚在竹簾外，卿舒手中彈出的那黑色東西震落了我手中長劍，妳可記得？」

紀雲禾點頭道：「我還沒有痛得失憶。」

「那便是我餵妳服下的藥丸。」林昊青道：「昨日我來找林滄瀾時，恰逢卿舒即將離去，想來，是妳之前說的，要去給妳送每個月的解藥了，只是被我耽誤……」

如此一想，倒也說得過去。

紀雲禾暫且選擇了相信林昊青。她嘆了一口氣說：「別的藥能找到嗎？」

「餵妳服藥之後，我已在屋中找了一圈，未曾尋到暗格或者密室，暫且無所獲。」

這意思便是，下個月，她還要再忍受一次這樣的痛苦，直至痛到死去……

紀雲禾沉默下來。

「紀雲禾。」林昊青忽然喚了一聲她的名字。

紀雲禾轉頭看他。她聽過小時候林昊青溫溫柔柔地叫她「雲禾」，也聽過長大後，他冷漠地稱她為「護法」，又或者帶著幾分嘲笑地叫她「雲禾」，但像這次這般克制又疏離地連名帶姓叫她，還是第一次。

「多謝妳昨晚冒死相救。」

紀雲禾聞言，微微有些詫異地挑了下眉毛。很快地，她便收斂了情緒。

「沒什麼好謝的，你要不是踢了我膝彎一腳，讓我躺在地上，我也沒辦法順勢殺了卿舒。」

林昊青沉默片刻，又道：「我若沒有陰差陽錯地撿到這顆解藥，妳該如何？」

「能如何？」紀雲禾勾起嘴角，嘲諷一笑。「認命。」

林昊青看了紀雲禾一會兒，站起身來。「先前花海蛇窟邊，我說了，妳與我聯手殺了林滄瀾，我便許妳自由，如今我信守承諾，待我坐上谷主之位，馭妖谷便不再是妳的囚牢。至於解藥，我無法研製，但挖地三尺，我也要把林滄瀾藏的解藥幫妳找出來。」

紀雲禾仰頭看著林昊青。很奇怪，在林滄瀾身死之後，紀雲禾竟然感覺以前的林昊青，忽然回來了些許……

「解藥若能找到，我自是欣喜，但若找不到，我便也忍了。這麼多年在這馭妖谷中，我早看明白了，我可以和你鬥，和林滄瀾鬥，但我唯獨不能與天鬥。天意若是如此，那我就順應天意，只是……」

紀雲禾直勾勾地盯著林昊青說：「我還有一個要求。」

「妳說。」

「我要離開馭妖谷，並且，我還要帶走馭妖谷囚牢中關押的鮫人。」

此言一出，房間裡再次陷入了極致的靜默當中。

兩人的眼神當中，紀雲禾寫著勢在必得，林昊青寫著無法退讓。膠著許久，林昊青終於開了口：「妳知道鮫人對馭妖谷來說意味著什麼。」他沉著臉道：「馭妖谷走失一個馭妖師，朝廷未必在意，但鮫人，誰也不能帶走。」

「我若一定要呢？」

「那妳便又將與我為敵。」

＊

林滄瀾的屍體已經在一旁涼透。

而此時房間卻沉寂得猶如還站在這房間裡的兩個活人，也已經死去了一般。

終於，紀雲禾從床榻上走下來，站到了林昊青面前。她比林昊青矮了大半個頭，但氣勢並不輸他。

「林昊青。」她也直呼他的名字，沒有任何拐彎抹角。「事到如今，若我依舊與你為敵，我會感到可惜，但我也並不畏懼。」

「呵。」林昊青一聲冷笑，隨即陰沉地盯著紀雲禾。「我看妳是沒有想清楚，妳帶走鮫人，不僅是與我為敵，也是與整個馭妖谷為敵。更甚者，是與順德公主，與整個朝廷為敵！」林昊青向前邁出一步，逼近紀雲禾。「且不說妳能不能將鮫人從馭妖谷中帶走，便是妳將他帶走了，以為事情就結束了？妳和他便能逍遙自在了？」

林昊青丟給紀雲禾兩個字：「天真。」

「天不天真我不知道。」紀雲禾道：「我只知道，他屬於大海，不屬於這兒。」

「他已經開了尾，妳以為他還屬於大海？」

林昊青提到此事，紀雲禾拳頭一緊。她默了片刻，最終還是仰頭，直視林昊青，執著地告訴他：

「他屬於。」

不管他有沒有被開尾，抑或變成了其他不同的模樣，他那漂亮的大尾巴，出現過便不會消失。

在紀雲禾看來，長意永遠屬於那澄澈且壯闊的碧海，不管是過去、現在，還是誰也看不穿的未來。並且她堅信，長意也終將回到大海之中。

林昊青看著紀雲禾堅定的眼神，沉默了片刻後道：「妳想清楚，我只給妳這一次機會。妳求了那麼多年的自由，便要為這鮫人放棄嗎？」

紀雲禾聽罷林昊青的話，歪著腦袋思索了片刻。

「林昊青，你要殺林滄瀾，我碰巧前來，助你一把，所以，這個機會不是你給我的，是上天給我的，而自由也不是你給我的，它本來就該是我的。」

紀雲禾說罷，在方才的思考之後，她心中也已有了數，今日算是與林昊青談判破裂了。沒了林滄瀾，她與林昊青短暫的和解之後，該怎麼爭，還得怎麼爭。

紀雲禾邁步要離開，林昊青側身問她：「解藥妳不要了？」

「我想要，你現在也給不了我。」紀雲禾指了指椅子上林滄瀾的屍體。「你先想好怎麼安葬他吧。谷中的老人、朝廷的眼線、大國師的意志，都不會允許一個弒父的叛逆之人登上谷主之位。他們要的是一個絕對聽話的馭妖谷主。」

紀雲禾出了裡間，往屋外走去。可像是要和她剛才的話呼應一樣，在紀雲禾即將推門而出的時候，外面傳來了急促的腳步聲。

「谷主！谷主！」

門外，有一名馭妖師慌張地呼喊著。他停在門邊，著急地敲了兩下門。

在外面初升的朝陽中，馭妖師的身影投射在門上，與紀雲禾只有一門之隔。

紀雲禾推門而出的手停住了。

其實，在她與林昊青談判破局了之後，紀雲禾最好是能真的扳倒林昊青，自己坐上谷主之位。讓眾人知道是林昊青殺了林滄瀾，這是再好不過的辦法，他會被馭妖谷中的人摒棄，會被朝廷流放，彼時，紀雲禾便是馭妖谷谷主的最佳人選。手握權力，而身側再無干擾之人，她便能更方便地將長意帶出這囚牢。

但是……

馭妖師在門外，她如今和林昊青都在這屋中，二人身上皆有鮮血。

林滄瀾是誰殺的，這事情根本說不清楚。

紀雲禾轉頭，看向屋內的林昊青。

林昊青隨即走了出來，與紀雲禾對視一眼，兩人都沒有說話，直到外面的人再次敲響房門道：「谷主！」馭妖師聲色著急，彷彿下一瞬便要推門進來。

「谷主身體不適正在休息。」林昊青終於開了口：「何事喧鬧？」

聽見林昊青的聲音，外面的馭妖師彷彿終於找到了海中浮木。

「回少谷主！前山外傳來消息，順德公主擺駕馭妖谷，現在已到山門前了！」

紀雲禾一愣，隨即心頭猛地一跳。

「你說什麼？」林昊青也是一臉不敢置信。

「少谷主，順德公主的儀仗已經到山門前了！還請少谷主快快告知谷主，率我馭妖谷眾馭妖師前去接駕呀！」

順德公主……

那個高高在上，彷彿只存在於傳言中的「二聖」，竟然……親臨馭妖谷了……

紀雲禾與林昊青對視一眼，兩人卻不約而同地望向了裡屋已然涼了屍身的林滄瀾。

紀雲禾微微握緊拳頭。

林滄瀾死得太不巧了。若讓順德公主知道是他們二人殺了林滄瀾，他們都會被打上不忠不孝，以下犯上的烙印。朝廷不喜歡叛逆之人，順德公主尤其如此。

「少谷主！」

外面的馭妖師聲聲急催。

紀雲禾用手肘碰了微微失神的林昊青一下。林昊青回過神來，定了定心神道：「知道了，你先帶眾馭妖師去山門前，待我叫醒谷主，便立即前去迎接。」

「是。」

外面馭妖師急急退去。

也虧他來得急去得也急，並未發現這谷主的住處經過昨夜打鬥，有任何不對。

待人走後，林昊青與紀雲禾一言未發，但都回到了裡屋。

兩人看著輪椅上斷氣的林滄瀾。他仍舊睜著眼睛，宛如對人間還有那麼多的欲望和不甘，而他脖子上的傷口卻讓人看得觸目驚心。

林昊青沉默地抬手，將林滄瀾的雙眼掩上。

「老頭子活著，活得不是時候，死了卻也給人添亂。」他說得薄涼。

紀雲禾看了林昊青一眼，道：「他活著該恨他，死了便沒他的事了。」紀雲禾往四周看了一眼。「現在抬他出去埋了太惹人注目，也沒時間做這些事了。」

「妳待如何？」

紀雲禾抬手，往床榻上一指道：「你抬他上床去，蓋好被子，擋住脖子上的傷口。」

「然後呢？」林昊青冷笑。「等他活過來嗎？」

「他活過來，你我也得死。」紀雲禾看著林昊青。「收起你說風涼話的態度，你我之間該爭的爭，該搶的搶，但在順德公主面前，你我就是一根繩上的螞蚱。你殺了林滄瀾，我的手也不乾淨，現在，你和我就好好地聯手演一齣戲，將那尊不請自來的神趕緊送走。」

紀雲禾說這話時鏗鏘有力，神色模樣不卑不亢，林昊青看著她，臉上的諷笑到底是收斂了。

*

「你去抬林滄瀾，給他布置好，他平日裡怎麼躺著，輪椅放在什麼位置，我要你絲毫無差錯地復原。我先把地上的血擦乾淨。」

紀雲禾一邊說，一邊脫下自己的衣服，沾了桌上的茶水。

「等做完這些，你我各自回去換身乾淨的衣服，把臉擦乾淨，我們去見順德公主。」

「我們去見？」

「對，我們去見。」紀雲禾跪在地上，擦著地上的血。「我們去告訴順德公主，谷主昨日夜裡忽然病重，臥床不起，氣息極為微弱。」

紀雲禾說著這些的時候，正好擦到了牆角。在牆角裡，卿舒化成的那抔土還靜靜堆在那裡，紀雲禾將擦了血的衣服放到旁邊，將那抔土捧了起來，灑在了林滄瀾房間的花盆之中。

「動作快點吧。」她轉頭看林昊青。「我們也沒什麼時間耽擱了。」

紀雲禾與林昊青兩人收拾完了林滄瀾的住所，兩人避開他人，快速回去換罷衣裳，再見面時，已是在馭妖谷的山門前。

恰時馭妖谷外春花已經謝幕，滿目青翠。

紀雲禾與林昊青擦乾淨臉上的血，換掉被血汙染了的衣裳，兩人往山門前左右一站，不言不語，好似還是往常那兩個不太往來的少谷主與護法。

二人相視一眼，並不言語，只望著山門前的那條小道，靜靜等待暮春的風將傳說中的順德公主吹來。

沒過多久，山路那邊遠遠傳來陣陣腳步聲，人馬很多，排場很大，不用見，光聽就能聽出來一二。

馭妖谷地處西南，遠離城鎮，偏僻得很，少有這大陣仗。馭妖師們大多都是自幼被關在馭妖谷的，除非像雪三月這般能力過人的馭妖師，鮮少有人外出。

是以僅遠遠聽見這些動靜，馭妖師們便有些嘈雜起來，惴惴不安，驚疑不定，還帶著許多對站在皇家頂峰的上位者的好奇。

山路那方，腳步聲漸近，率先出現在眾人眼前的是一面赤紅的旗幟，旗幟上赫然繡著一條五爪巨龍。

皇帝以明黃色繡龍紋，代表皇帝至高無上的權力，而順德公主素來喜愛紅色，越是炙熱鮮豔的紅，她越是喜歡。所以代表著她的旗幟，便是赤紅底的金絲五爪龍紋旗。

歷朝歷代以來，公主、皇后，為女子者皆用鳳紋，唯獨順德公主棄鳳紋不用，偏用龍紋。

其野心，可謂連掩飾也懶得掩飾一番。偏偏她那身為皇帝的弟弟絲毫不在意，任由這個姊姊參與朝政，甚至將勢力滲入軍隊與國師府。

在這五爪龍紋旗飄近之時，紀雲禾頷首看著地面，無聊地瞎想著這些事情，待得龍紋旗停下，後面所有車馬之聲也都停了下來——

紀雲禾才仰頭往長長隊伍裡一望。

鮮紅的轎子豔麗得浮誇，抬轎子的人多得讓紀雲禾都快數不過來。

轎子上層層疊疊地搭著紗幔，紗幔的線約莫摻入了金銀，反射著天光，耀目得逼人，令人不敢直視。

而在那光芒彙集之處，層層紗幔之間，懶懶地躺著一個赤衣女子。她身影慵懶，微微抬起了手，似躺在那紗幔之中飲酒。

不一會兒，一個太監從隊伍裡走了出來，看了林昊青一眼，復而又瞥了一眼紀雲禾，倏爾冷笑了一聲。

紀雲禾也打量了他一眼，只覺這太監五官看起來有些熟悉。

「馭妖谷谷主何在？公主親臨，何以未見谷主迎接？爾等馭妖谷馭妖師，簡直怠慢至極。」

太監盯著紀雲禾說著這些話。

當尖厲的聲音刺入耳朵，紀雲禾霎時想起，一個月前，便是這個太監押送著關押長意的箱子，送到了馭妖谷。她當時還給他脖子貼了個禁言的符紙，想來是回去找國師府的人拿掉了……

現在觀他語氣神色，似乎並沒有忘記紀雲禾，且還將這筆仇記得深沉。而今他又是跟著順德公主一同前來的，想來有些難對付。

紀雲禾垂頭，不言不語，全當自己什麼都不知道。左右，這裡還有個少谷主頂著。

「望公主恕罪。」林昊青躬身行禮。「谷主昨日忽發重病，人未清醒，實在難以前來迎接公主。」

「重病？」張公公疑惑。「馭妖谷谷主重病，何以未見上報？」

「此病實屬突然……」

「病了？」

遠遠的，紗幔之中傳來一聲輕問。

方才傲慢的太監瞬間像是被打了一拳一樣，整個人躬了起來，立即走到後面，畢恭畢敬地站在了轎子旁道：「公主息怒。」

「生個病而已，本宮怒什麼？」紗幔裡面動了動，赤紅的身影坐起身來。「本宮本想好好賞賞林谷主，畢竟馭妖谷接連滿足我兩個心願，功不可沒，卻沒想到竟是病了。」

紗幔被一雙白得過分的手從裡面輕輕撩開。

她每一根手指宛如蔥白，指甲上皆有點綴金絲小花。

她一撩開紗幔，前面抬轎子的轎夫立即訓練有素地齊齊跪下，轎子傾斜出一個正好的角度，讓她從紗幔之中踏了出來。

玉足未穿鞋襪，赤腳踩在地上，而未等那腳尖落地，一旁早有侍女備上了一籃一籃的鮮花花瓣，在順德公主的腳落地之前，將花瓣鋪了厚厚一層，遮蓋地上的泥石，以至於她赤腳踩在上面也毫無感覺。

順德公主絲毫未看身邊伺候的人一眼，自顧自走著，邁向林昊青與紀雲禾，而身邊忙碌的侍女不過一會兒時間，便將地上鋪出了一條鮮花之道。

百花的香氣溢滿山門前，紀雲禾看著那地上被踏過的花瓣，一時間只覺可惜。

可惜這暮春的花，花了一個冬天發芽，用了一個春天成長，最後卻只落得這樣的下場。

「谷中山道便不讓鑾轎入內了。」順德公主擺擺手，身側立即有侍女為她披上了一件披肩。「本宮去看看林谷主。」順德公主瞥了林昊青一眼，未曾問過任何人，便直接道：「少谷主，帶路吧。」

紀雲禾垂頭看地，面上毫無任何波動，心裡只道，這順德公主怕是不好應付。

＊

紀雲禾與林昊青陪著順德公主一路從山門前行到山谷之中。

順德公主腳下鮮花不斷，厚厚地鋪了一路。而前方要到厲風堂林滄瀾的住所還有多遠，紀雲禾心裡是有數的。

她看著順德公主腳下的花瓣，聽著身後婢女們忙碌的聲音，忽然停住了腳步。

「公主。」她開了口。

順德公主停了下來，鋪灑花瓣的婢女卻也沒停，一路向前忙碌著，似要用花瓣將整個馭妖谷掩埋。

林昊青也轉頭看她，神色間有幾分不悅，似不想她自作主張地說任何無關的話。

但紀雲禾忍不住了，她行了個禮，道：「馭妖谷中先前經歷了青羽鸞鳥之亂，亂石散布，這些時日來也沒來得及叫人好好打理，公主赤腳而行，便是有百花鋪路，草民也憂心亂石傷了公主鳳體，還請公主穿上鞋襪吧。」

順德公主聞言，微微一挑眉。她打量紀雲禾許久，沒有開口，讓旁人捉摸不透她在想些什麼。

「妳是惜花之人。」片刻後，順德公主忽然笑道：「心善。」

紀雲禾垂首不言。

在大家都以為順德公主在誇紀雲禾時，順德公主唇邊弧度倏爾一收。

「可本宮不是。」點著赤紅花鈿的眉宇霎時寫上了肅殺。「本宮是採花之人。」她道：

「本宮便愛採盛放之花，偏要將天下九分豔麗都踩在腳下，還有一分，穿在身上便罷。」

她一伸手，纖細的手指、尖利的指甲，挑起了紀雲禾的下巴。

她讓紀雲禾抬頭看她。

「天下山河，有一半是我的，這百花也是我的。妳這惜花人，還是我的。」順德公主指甲在紀雲禾臉上輕輕劃過。「我不喜歡不開的花，也不喜歡多話的人。」

順德公主的手放在紀雲禾頰邊。順德公主極致豔麗，如她自己所說，天下十分豔麗，九分被她踩在腳下，還有一分被她穿在了身上。而紀雲禾一席布衣，未施脂粉，唇色還有幾分泛白，整個人寡淡得緊。

一個天上的人和一個地下的人，在順德公主抬手的這瞬間，被詭異地框進了一幅畫裡。

紀雲禾卻沒有閃避目光，她直勾勾地盯著順德公主的眼睛，不卑不亢地問：「那公主還穿鞋襪嗎？」

此言一出，順德公主眸中顏色更冷了幾分，而旁邊的林昊青則皺了眉頭，身後跟著的僕從和馭妖師們皆噤若寒蟬，連喘息都害怕自己喘得太大聲。

唯有紀雲禾，彷彿感覺不到這樣的壓力一般。她對順德公主說：「馭妖谷中的路，崎嶇難行，不好走。」

聽罷紀雲禾的話，林昊青眉頭緊緊皺起，終於忍不住站了出來，抱拳行禮道：「公主，馭妖谷偏僻，谷中馭妖師粗鄙，不識禮數，還望公主恕罪。」

順德公主瞥了林昊青一眼說：「她很有趣。」

出人意料的，順德公主開口卻是這樣一句評價，不殺也不剮，竟說紀雲禾……有趣。

林昊青有點愣神。

順德公主往旁邊看了一眼，張公公會意，立即跑到長長的人馬裡，不一會兒便給順德公主取來了一套鞋襪，另一個太監立即跪在了地上，匍匐著，弓著背，紋絲不動。順德公主看也沒看那太監一眼，徑直坐上他的背。太監手撐在地上，穩穩妥妥，沒有半分搖晃。

婢女們接過鞋襪，伺候順德公主穿了起來。

赤紅色的絲縷，與她的衣裳正好配成一套。

誰也想不到，在紀雲禾的「冒犯」之後，順德公主非但沒生氣，反而還聽了她的話。眾人摸不著頭緒，而紀雲禾心裡卻琢磨著，這個順德公主從某種意義上來說，與林滄瀾也是很相似。

居於上位，怒而非怒，笑而非笑，除了順德公主自己，大概旁人永遠也看不出，她內心到底在想什麼。

穿罷鞋襪，順德公主站起身來，瞥了紀雲禾一眼，復而繼續往前走。

一路再也無言，直至到了林滄瀾房間外。

林昊青走上台階，敲響了林滄瀾的房門，口中一絲猶疑都沒有地喚：「谷主。」

縱使他和紀雲禾心裡都清楚，裡面永遠不會有人答話。

等了片刻，林昊青面上露出為難的神色，看看順德公主，又再急切地敲了兩下門道：

「谷主，公主來看您了。」

紀雲禾站在屋外階梯下，看著林昊青的表演，一言不發。

沒有等到回應。林昊青道：「公主，家父著實病重……」

「林谷主怎忽然病得如此嚴重？上月與朝廷的信中，也並未提及此事。」順德公主說著，邁步踏上了階梯，眼看便要直接往屋內去了。

紀雲禾依舊垂首站在階梯下，面上毫無表情，手卻在身側衣袖中微微握緊。

順德公主走到門邊，林昊青站在一旁，他聲色尚且沉著，不見絲毫驚亂。

「公主可是要入內？」

未等他話說完，順德公主一把推開了房門。

紀雲禾微微屏氣。

順德公主站在門邊，往屋內一望。

紀雲禾大概知道，從她的視角看進去，會看見什麼。

門口的屏風昨日染了血，紀雲禾讓林昊青將它挪走了，裡屋與外間遮擋的竹簾被昨日的紀雲禾刺破，今早他們也處理掉了，所以順德公主的目光不會有任何遮擋，她會直接看見「躺」在床上的林滄瀾。

林滄瀾蓋著被子，只露出半張閉著眼睛的臉。

他與重病無異，唯一不一樣的是他沒有呼吸。只要順德公主不走近，不拉開那床被子，她便看不到林滄瀾脖子上那血肉翻飛的恐怖傷口……

順德公主在門邊打量著屋內，此時一直在旁邊的張公公卻倏爾開口：「公主，公主。」他諂媚至極，所以此時也顯得有些心急。「公主舟車勞頓，且小心，莫要染了病氣！」

順德公主轉頭看了張公公一眼。

「嗯。」她應了一聲，又往屋裡掃了一眼，復而轉身離開了門邊。

林昊青沒有急著將房門關上，一直敞著門扉，任由外面的人探看打量。

紀雲禾緩緩呼出剛才一直憋住的氣。她也看向一旁諂笑著，去攙扶順德公主的張公公。

紀雲禾此時只想和張公公道歉，想和他說，張公公，您真是一個好公公，一個月前給您貼了一張啞巴符，真是我的過錯，抱歉了。

「好了。」順德公主走下階梯道：「林谷主既然病重，便也不打擾他了，我此次前來，是為了來看看鮫人。」

順德公主此言一出，紀雲禾方才放下的心，倏爾又提了起來。

順德公主轉頭問林昊青：「鮫人在哪兒？」

第九章　讚歌

林昊青關上了林滄瀾房間的門，聽見順德公主問及鮫人，林昊青直言：「先前青羽鸞鳥擾亂我馭妖谷，致使關押鮫人的地牢陷落，而今他已被轉移到我馭妖谷關押妖怪的另一個牢中，只是那囚牢未必有先前的地牢安全……」

順德公主笑著打斷林昊青：「本宮只問了，鮫人在哪兒？」

林昊青默了一瞬，隨即垂頭領路，說道：「公主，請隨草民來。」

一行人從厲風堂又浩浩蕩蕩地行到關押長意的囚牢外。

紀雲禾走到牢外時，腳步忍不住頓了一下，直到身後的人撞過她的肩頭，她才深吸一口氣，邁步上前。

她從未覺得，來見長意有今日這般沉重忐忑的心境。

但她必須去，因為她也是在場唯一能為長意想辦法的人。

紀雲禾跟著人群，入了囚牢。

牢中，侍從們已經給順德公主擺好了椅座。她坐在囚牢前，看著牢中已經被開尾的長意，露出滿意的微笑。

而長意看著順德公主，眼神之中寫滿了疏離與敵意。他站在牢籠之中，一言不發，宛如才被送到馭妖谷來的那一日。他是牢中的妖，而他們是牢外的人，他們之間隔著柵欄，便是隔著水火不容的深仇大恨。

他厭惡順德公主。

紀雲禾那麼清晰地感覺到了長意對於人類的鄙夷與憎惡，都來自於面前這個踐踏了天下九分豔麗的女子。

他與她是本質的不同，順德公主認為天下山河是屬於她的，而長意則認為，他是屬於這渺茫天地的，沒有任何人有資格和能力擁有這蒼茫山河。

而當紀雲禾踏入囚牢的一瞬，長意的目光便從順德公主身上挪開了。

他看了眼紀雲禾，眉頭微微一皺，目中帶著清晰可見的擔憂。

昨夜倉皇，她毒發而去，根本沒來得及和長意解釋她到底怎麼了。這條大尾巴魚……在牢中一定擔心了很久吧。

思及此，紀雲禾只覺心頭一暖，但看著面前的牢籠，又覺得心尖一酸。

「少谷主，你給這鮫人開的尾，委實不錯。」順德公主的話打斷了紀雲禾的思緒。她再次將所有人的目光都攬到了身上。「只可惜這世間並無雙全法，本宮要了他的腿，便再也看不到那條漂亮的魚尾巴。」她嘆了口氣，打量著長意，宛如在欣賞一件心愛的玩物。「不過，少谷主還是該賞。本宮喜歡他的腿，勝過魚尾。」

紀雲禾聞言，倏爾想到那日夜裡，這牢中的遍地鮮血和長意慘白到幾無人色的臉。那些痛不欲生，那些生死一線，在順德公主口中，卻只成了這麼輕飄飄的一句——她喜歡。

她的喜歡，可真是好生金貴。

紀雲禾的拳頭忍不住緊緊攥了起來。

而林昊青並無紀雲禾的這般想法，他毫無負擔地行禮叩謝道：「謝公主。」

「來，讓鮫人開口給本宮說一句討喜的話。」順德公主又下了令。

而這次，牢中卻陷入一片詭異的死寂之中。林昊青瞥了紀雲禾一眼，但見紀雲禾站在一旁，並無動作，林昊青便走到囚牢邊，盯著長意道：「鮫人，開口。」

長意連看也未看林昊青一眼。

牢中沉寂。順德公主沒有著急，她勾了勾手指，旁邊立即有人給她奉上了一個小玉壺，她仰頭就著玉壺的壺嘴飲了一口酒。

方才在順德公主開心時那愉悅的氣氛，霎時凝固了。

給順德公主奉酒的小太監眼珠子也不敢亂轉一下，連諂媚的張公公也乖乖站在一邊，看著面前的一寸地，宛如一尊入定的佛。

過了許久，順德公主終於飲完了小玉壺中的酒。她沒有把玉壺遞給奉酒的小太監，而是隨手一扔，玉壺摔在牢中石子上，立即破裂開來。

奉酒的小太監立即跪了下去，額頭貼著地，渾身微微顫抖著。

「馭妖谷，是哪位馭妖師教會鮫人說話的？」順德公主終於開了口。她看似溫和地笑著，輕聲問林昊青：「本宮記得報上來的名字，隱約不是少谷主。」

場面一時靜默。

紀雲禾從人群中走了出去。

她背脊挺直，站到了順德公主面前。

長意的目光霎時便凝在了紀雲禾後背上。

「是我。」

順德公主看著紀雲禾，一字一句開口道：「本宮要鮫人口吐人言。」

紀雲禾沒有回頭看長意，只對順德公主道：「公主，我不強迫他。」

此言一出，眾人靜默，卻都不由得看了紀雲禾一眼。有人驚訝，有人驚懼，有人困惑不解。

而長意則有幾分愣怔。

順德公主微微眯起了眼睛，歪著腦袋左右打量了兩遍紀雲禾。

「好。」順德公主望了旁邊張公公一眼。「他們馭妖谷，不是有條赤尾鞭嗎？拿來。」

「備著了。」

張公公話音一落，旁邊一個婢女奉上了一條赤紅色的鞭子。

順德公主接過赤尾鞭，看了看，隨即像扔那玉壺一樣，隨手將赤尾鞭往地上一扔。

「少谷主。」順德公主指了指赤尾鞭。

林昊青便只好上前，將赤尾鞭撿了起來。

「此前，本宮給你們馭妖谷的信件中是如何寫的，少谷主可還記得？」

「記得。」

「那你便一條一條地告訴這位……護法。」順德公主盯著紀雲禾。「本宮的願望是什麼？說一條，鞭一次，本宮怕護法又忘了。」

林昊青握著鞭子，走到了紀雲禾身後。

他看著還站得筆直的紀雲禾，微微一咬牙，一腳踹在紀雲禾膝彎上。

紀雲禾被迫跪下。

昨日夜裡，他這般救了她一命。今日，同樣的動作，卻已經是全然不同的情況。

林昊青握住赤尾鞭，他心中對紀雲禾是全然不理解的。

這種時候，她到底是為什麼堅持？

讓鮫人說一句話，難道會痛過讓她再挨上幾道赤尾鞭嗎？她背上的傷口，痂都還沒掉吧。

「順德公主其願有三。」林昊青壓住自己所有的情緒，看著紀雲禾的後背，說道：「一願此妖口吐人言。」

「啪」的一聲，伴隨著林昊青的話音落地，赤尾鞭也落在紀雲禾的後背之上。一鞭下去，連皮帶肉撕了一塊下來，後背衣服被赤尾鞭抽開。紀雲禾背上猙獰的傷口在長意面前陡然出現。

長意雙目微瞠。

「二願此妖化尾為腿。」

「啪！」又是一鞭，狠狠抽下。

林昊青緊緊握住鞭子，紀雲禾則緊緊握住拳頭，她和之前一樣，咬牙忍住所有血與痛，統統吞進了肚子裡。

林昊青看著這樣的紀雲禾，心頭卻不知為何竟倏爾起了一股怒火。

她總是在不該堅持的時候堅持，平日裡妥協也做，算計也有，但總是在這種時刻，明明有更輕鬆的方式，卻總要逞強，將所有的血都咬牙吞下。

而這樣的紀雲禾越是堅持，便越是讓林昊青……

嫉妒。

他嫉妒紀雲禾的堅持，嫉妒她的逞強，嫉妒她總是在這種時候襯得他的內心……事到如今已經骯髒得那麼不堪。

她的堅持，讓林昊青自我厭惡。

「三願其心永無叛逆！」

第三鞭抽下。

林昊青握住赤尾鞭的關節用力到慘白。

而長意的臉色比林昊青難看。那素來澄澈溫柔的雙眼，此時宛如將要來一場暴風雨，顯得渾濁而陰暗。

他盯著坐在囚牢正中的順德公主。

聽順德公主對紀雲禾說：「現在，妳能不能強迫他？」

「不能。」

還是這個回答，簡單，俐落，又無比堅定。

順德公主笑了笑。

「好，他不說本宮想聽的話，妳也不說。依本宮看妳這舌頭留著也無什麼用處。」順德公主神色陡然一冷。「給她割了。」

「妳要聽什麼？」

長意終於……開了口。

清冷的聲音並未高聲，但傳入了每個人的耳朵。

黑暗的囚牢中再次安靜下來。

順德公主的目光終於從紀雲禾身上挪開，望向囚牢中的鮫人。

紀雲禾也聽到了這個聲音，她沒有回頭去看長意，只是微微垂下了頭。在挨鞭時毫不示弱的紀雲禾，此時肩膀卻微微顫抖了起來。

別人看不見，林昊青站在紀雲禾背後，卻看得很清楚。

也是在紀雲禾這微微顫抖的肩膀上，林昊青時隔多年，才恍然發現，紀雲禾的肩膀其實很單薄，如同尋常女子一樣，纖細、瘦弱，宛如一對蝴蝶的翅膀……

可這隻蝴蝶總是昂首告訴他，說她要飛過滄海，於是他便將她當做扶搖而上的大鵬，卻忘了她本來的纖弱、她的無能為力、她的無可奈何。

而這些這麼多年未曾在紀雲禾身上見過的情緒，此時，她卻因為一個鮫人，終於顯露了分毫。

僅僅是憐惜鮫人那微不足道的尊嚴嗎？

思及紀雲禾這段時日對鮫人的所作所為，林昊青不由得握緊了手上的赤尾鞭，轉頭去看牢中的長意。

紀雲禾對這鮫人……

「放她走。妳要聽我說什麼？」長意看著順德公主，再次開了口：「我說。」

「嗯，聲言悅耳。」順德公主眯眼看著長意，像是十分享受。「都道鮫人歌聲乃是天下一絕。」順德公主道：「便為本宮唱首歌吧。」

此言一出，跪在地上的紀雲禾倏爾五指收緊。

玩物。

順德公主的言語，便是這樣告訴紀雲禾的。

長意是她的玩物，而其他人都是她的奴僕。

可打，可殺，可割舌，可剜目。

萬里山河是她的，天下蒼生也是她的。

牢中，在短暫的沉寂之後，鮫人的歌聲倏爾傳了出來。歌聲悠揚，醉人醉心。

紀雲禾在聽到這歌時，卻倏爾愣住了。

這首歌……她聽過。

只聽過一次便難以忘懷，且怎麼可能忘懷，這樣的曲調與歌聲本就不該屬於這個人世。

這歌聲霎時便將紀雲禾帶回了過去。在那殘破的十方陣中，紀雲禾假扮無常聖者，渡化了青羽鸞鳥的附妖，在附妖翩翩而舞，化成九重天上的飛灰之時，長意和著她的舞，唱了這首歌。

在紀雲禾拉著長意一同跳入那潭水中後，紀雲禾問過長意，他唱的是什麼，長意也告訴過她，這是他們鮫人的歌，是在……讚頌自由。

當時的紀雲禾，滿心以為她渴求的自由近在眼前了，心中迴響著曲調，只覺暢快。

而此時，曲調在耳邊迴盪，紀雲禾聽著卻莫名悲壯。

他失去了尾巴，被囚於牢中，但他依舊在讚頌自由。

順德公主要他唱歌給她聽，而紀雲禾知道，長意沒有唱給順德公主聽，他在唱給紀雲禾聽。

紀雲禾閉上了眼睛，不看滿室難堪，不理這心頭野草般瘋長的蒼涼與悲憤，她只安靜地，好好地將這首歌聽完。

歌聲唱罷，滿室沉寂。

似乎連人的呼吸都消失了。地牢之中的汙濁、殺伐，盡數被洗滌乾淨了似的。時空彷彿在這瞬間靜止了片刻，連順德公主也沒有打破。

直到長意向前邁了一步，走到了牢籠邊。

「放了她。」他說。

所有人在這一瞬間才被驚醒了一樣，第一時間便先換了一口氣。順德公主看著牢中的鮫人，豔麗妝容下的目光盯著長意，寫滿了勢在必得。她說：「本宮也沒囚禁她。」

順德公主往旁邊看了一眼，張公公立即上前，將林昊青手中的赤尾鞭收了回來。

「本宮的願望，馭妖谷完成得不錯，本宮很滿意。」順德公主站了起來，她一動，背後的僕從們便立即都像活過來了一樣，瞻前顧後地伺候起來。「不過本宮也不想等太久。」

順德公主轉頭，看了紀雲禾與林昊青一眼。

「給你們最後十日，本宮不想還要到這兒才能看到聽話的他。」

留下最後一句話，順德公主邁步離開，再無任何停留。

所有人都跟著她魚貫而出，林昊青看了紀雲禾一眼，又望了望牢中的鮫人，到底是什麼也沒說，轉身離開了。

不一會兒，牢中又只剩下了紀雲禾與長意兩人，與往日一樣安靜，卻是與往日全然不一樣的氣氛。

紀雲禾自始至終都跪在地上，沒有起身。

過了許久，長意喚了她的名字：「雲禾。」

紀雲禾依舊沒有回頭。

可她卻抬起了手，背著長意，隻手捂著臉。

紀雲禾的呼吸聲急促了些許，她在控制自己的情緒，拚命壓抑那些憤怒、不甘，和對這人間的憎惡以及埋怨。

長意靜靜看著她的背影，等了片刻，紀雲禾終於放下了手，像是下了某種決心。她沒有在地上多待片刻，立即站了起來，將臉一抹，回頭看向長意。

她眼眶微紅，表情卻已經徹底控制住了。

她幾步邁向牢籠邊，隔著牢籠，堅定地看著長意，再不提方才任何事，徑直開門見山地問：「長意，你雖被開尾，但你的妖力並未消失，對不對？」

長意沉默。

「十日內，我會給你帶來一些丹藥，你努力恢復你的身體，這牢中黃符困不住你。」

「妳想做什麼？」長意也沉靜地看著她，清晰地問她。

紀雲禾敞亮地回答：「我想讓你走。」

這個牢籠不比之前的地牢，這裡沒那麼堅固。

長意之前從大國師那兒運來馭妖谷，尚且能撼動原來地牢一二，更何況是這裡。而且馭妖谷的十方陣已破，林滄瀾已死，長意妖力仍在，他要逃，不是問題。

或者，對長意來說，他現在就可以離開。

他只是……

「我走了，妳怎麼辦？」

長意問她，而這個問題和紀雲禾想的一模一樣。

他只是在顧慮她。

在離開十方陣，落到厲風堂的池塘後面的時候，他或許就可以走，但他沒有，因為他在「拚死護她」。

被關到這個地牢裡，林昊青讓他開尾，他心甘情願開了，因為他也在「拚死護她」。

及至今日，順德公主讓他說話，他可以不說，但他還是放下了驕傲說了。

因為他也在「拚死護她」。

他不走，不是不能走，而是因為他也想帶她一起走。

紀雲禾閉上眼，忍住眼中酸澀。

將心頭那些感性的情緒抹去，她直視長意澄澈的雙眼，告訴他：

「長意，我很久之前就一直過著這樣的生活，所以我總是期待著，之後能過不一樣的日子。我反抗、不屈、爭奪，我要對得起我聞過的每一朵花，對得起吃過的每一口飯！我想活下去，想更痛快地活下去！但如果最後我也得不到我想要的，那這就是我的命。你明白嗎，長意？這是我的命。」

她頓了頓，道：「但這不是你的命。」

她認識了長意。長意讓她見到了世間最純粹的靈魂，而她不想耽誤或拖累這樣的靈魂。她不想讓這樣的靈魂擱淺、沉沒。

「你得離開。」

面對紀雲禾有些歇斯底里的這段話，長意的回答依舊很溫柔。他說：

「我不會離開。」

一如他此時的目光，溫柔而固執。

讓紀雲禾裹上了一層又一層堅冰的心再次為之顫抖、消融。

*

順德公主走了。

那來時鋪了一路的百花花瓣沒過半天便枯萎腐壞，花香變成了腐朽的臭味。暮春的天氣，一場暖雨一下，整個馭妖谷蚊蟲肆虐，弄得眾人苦不堪言。

林滄瀾的屍體是再也藏不住了，林昊青沒多久便宣布了林滄瀾的死訊。

消息一出，整個馭妖谷都深感震驚，所有人都猝不及防。對於很多馭妖谷的馭妖師們來說，林滄瀾不是一個目光陰鷙的老狐狸，而是一個為馭妖谷付出一生心血的老者。

他們視林滄瀾為馭妖谷的象徵，所以即使林滄瀾老了，身體虛弱了，也開始給自己尋找下一任繼承者了，大家還是尊敬他，並且相信他一直都會在。

甚至連紀雲禾都認為，這個老狐狸不會那麼容易就死掉。

但他就是死了。

林昊青說他病故，但拒絕所有人探看林滄瀾屍身，直接在深夜一把火將林滄瀾的屍身燒了。

紀雲禾認為這不是一個聰明的做法，但她也想不到更好的辦法了。

林滄瀾脖子上的傷口那麼明顯地訴說著他的死因，只能一把火燒了，將真相都燒成灰燼，剩下的就任由活人信口胡說。

所以許多人都不相信林昊青。

馭妖谷的長老們開始尋找卿舒，谷主的妖僕此生只忠誠於谷主一人，他們在此時相信一個畢生嫌棄的妖怪，更勝過相信谷主血脈。

但怎麼可能找到卿舒。

谷主突然病故，妖僕消失無蹤，就算林昊青再如何強辯，也壓不住谷內流言滾滾。

而這些都是林昊青的麻煩，紀雲禾並沒有過多關心。她本來對谷主之位就不感興趣，林昊青想要的和她想要的，在沒有外力的壓迫下，本就南轅北轍。

她待在自己的小院裡，每天只為一件事發愁。

不是愁下個月的解藥，也不是愁順德公主給的，馴服鮫人的最後期限。

她只愁，沒辦法說服長意，讓他自己離開。

打順德公主走的那天起，紀雲禾便沒有再去過牢裡，她不再去刻意加深兩人之間的連繫，她想讓長意漸漸淡忘她。紀雲禾的這個心願強到甚至有時作夢都夢到，長意從牢裡逃了出來。

他推開她的房門，告訴她：「紀雲禾，我想明白了，妳過妳的生活，我過我的生活，我要回大海了，我不在這裡待了。」

然後紀雲禾便欣喜若狂地給他鼓掌，一路歡送，陪他到山門，揮揮手送他離開。

她看著長意漸行漸遠的背影，毫無半分留戀，甚至帶著滿心的雀躍。

但早上太陽照入房間裡，紀雲禾從床上醒來，長意還是沒有來找她。

「我不會離開。」

他說得那麼堅定，不打算被任何人左右。

到底要怎麼做，才能趕他走呢……

紀雲禾全心全意思考著這個問題，直到馭妖谷的長老們來找她。

兩個馭妖谷資歷最深的長老。

年邁的他們不是馭妖谷中能力最強的，甚至或許還沒有瞿曉星厲害，但他們卻是馭妖谷年紀最長的。在林滄瀾突然去世之後，依照馭妖谷的規矩，應該由長老們來主持新谷主的上任儀式。

但他們絲毫沒有做這件事的打算。

大長老見了紀雲禾，開門見山便道：「我們懷疑，是少谷主對谷主動手。」

紀雲禾心道，對的，你們的懷疑絲毫沒錯。

但她什麼都沒說，只不動聲色地喝著茶。

「順德公主來我馭妖谷那日，有馭妖師前去請谷主，據那馭妖師說，在谷主房間裡應話的便是少谷主。」

是的，房間裡還有她。

紀雲禾繼續喝著茶。

「而後，順德公主一走，少谷主便宣布谷主重病身亡。」二長老接了話。「他甚至不許任何人探看屍身，直接將屍身燒掉，其所作所為委實詭異。」

「所以二位長老來找我，是想讓我代表大家站出來指責少谷主？」

兩位長老相視一眼，道：「我們想讓妳當谷主。」

紀雲禾放下茶杯，手指在杯緣滑了一圈道：「何必呢？」紀雲禾終於轉頭，看向兩位長老。「馭妖谷便只有這般大小，都是困獸，誰作獸王有什麼不一樣嗎？」

她和林昊青，一個殺了林滄瀾，一個殺了卿舒，都是一丘之貉。

紀雲禾笑道：「你們懷疑林昊青大逆不道，萬一我也差不多呢？」

似乎萬萬沒想到紀雲禾竟然是這般回答，兩位長老皆是一愣。

「雖然我等如今被困於這西南一隅，但我等絕不奉弒父之人為主。護法，谷主在世之時便說過，誰有能力滿足順德公主的三個願望，誰便是馭妖谷谷主，而今谷中之人皆知鮫人待妳如何，妳若悉心對待，讓鮫人心甘情願去侍奉順德公主，並非不可……」

「好了。」聽罷長老的話，紀雲禾猛地站起身來。「長老們安排自己的事就可以了，我的事，不勞大家費心。」

紀雲禾神色陡然涼了下來，兩個長老見狀，皆是不悅地皺眉道：「紀雲禾，我等念在妳這些年為馭妖谷貢獻不少，方且如此規勸妳，這機會，他人便是求也求不來。妳如今卻是什麼意思？」

紀雲禾沉默了片刻，眸帶幾分薄涼地看著長老道：「沒什麼意思，不想陪你們玩了而已。」

紀雲禾覺得她累了。

爭得累了，鬥得累了。順德公主走了，她除了想讓長意離開，便也沒有其他願望了。

或許她的命真的就是如此吧，離不開這馭妖谷，也逃不掉宿命的枷鎖。她不爭了，不搶了，也不去鬥了。送走長意，她還剩一個月的命，該如何，就如何了。見紀雲禾如此，兩位長老氣憤又無可奈何，只氣沖沖地留下一句：「谷主這些年，真是白白栽培了妳。」便起身離開。

紀雲禾唇角微微勾出一個諷刺的微笑，說道：「可真是多謝谷主栽培了。」目送兩位長老離去，紀雲禾又坐了下來，繼續喝自己的茶，思考如何將長意送走的事。

忽然間，紀雲禾身邊清風微微一動，她一抬頭，洛錦桑已經坐在了她對面，身影從透明慢慢變實質。她氣喘吁吁地坐下，也不跟紀雲禾客氣，猛地仰頭灌了一壺茶，道：「唉，急著趕回來，累死我了。」

紀雲禾瞥了她一眼說：「還知道回來啊？空明和尚沒事了？」

「哼！別提那個死禿子，我急匆匆趕去救他，他還嫌棄我，說我礙手礙腳。不管他了，讓他自己掙扎去。」洛錦桑對著紀雲禾揚起一個大大的微笑。「我回來幫妳偷藥，不過，聽說林滄瀾死了，我走的這段時間，到底發生了什麼？剛才那兩個老頭來找妳做什麼？」

想想洛錦桑不在的這幾天，紀雲禾笑了笑，說：「找我去當新的谷主。」

「啊？好事啊！妳答應了嗎？」

「沒有。」

「為什麼？」

「不想再摻和了。」

「可是妳不是想救那個鮫人嗎？妳當了谷主，不正好可以正大光明放了那鮫人嗎？」

洛錦桑事情想得簡單，她這話卻提點了紀雲禾，就算作了谷主，也沒法正大光明地放走鮫人，但是想把鮫人帶出馭妖谷，現下卻是可以正大光明去做的。

紀雲禾戳了一下洛錦桑的眉心說：「妳也不算毫無用處。」

她站起來便要走，洛錦桑連忙喊她：「茶還沒喝完呢，妳去哪兒啊？」

「找林昊青。」

*

紀雲禾趕到林昊青房間外時，外面正巧圍了一圈長老。

眾人面色沉凝，大家均看著屋中，而屋中也傳來了陣陣質問之聲。

「為何不顧我等請求私自燒了谷主屍身！」

「少谷主想隱瞞什麼！」

紀雲禾聽罷，眉梢一挑。原來這些長老們，一撥去她院裡想要說服她當谷主，一撥卻是到這裡來找了林昊青嗎……

紀雲禾撥開身前擋住門的長老們，邁步踏進了林昊青房間。眾人見她來，心裡各自盤算著，皆讓開了一條道來，讓紀雲禾順暢地走進裡屋。

她一來，屋中便霎時安靜了些許。

林昊青轉頭看了紀雲禾一眼，在眾人逼問之下，他神色並不好，放在桌上的手緊緊握著手中的筆，而筆尖的墨已經在宣紙上暈染了一大片墨痕。

他看紀雲禾的眼神帶著些許嘲諷，那眼中彷彿掛著一句話──「妳也是來逼宮的嗎？」

紀雲禾沒有迴避他的眼神，也沒有說多餘的廢話，徑直抱拳行了個禮道：「谷主。」

林昊青一愣。

周圍所有人都是一愣。

紀雲禾行禮叫的是「谷主」，而非「少谷主」。

她竟直接在眾人面前表明了態度，要臣服於林昊青！

有長老立即叱道：「而今谷主繼位儀式尚且未成，護法如此稱呼，不合禮數！」

「那怎麼才合禮數？」紀雲禾轉頭，徑直盯向那發問的長老。「稱您為谷主，可合禮數？」長老面色微微一變，紀雲禾接著笑道：「谷主病重，順德公主前來之際，少谷主帶我等面見公主，便是代了谷主行事。公主離去，谷主離世，少谷主身分在此，繼位何需那儀式？這不是順理成章之事？我稱他一句谷主，有何過錯？」

「這……」這長老閉口不言，另一位又開了口道：「谷主離奇身死，真相未明，豈可如此草率立新主？」

「真相既然未明，不正應該趕緊冊立新主，徹查此事嗎？先谷主身死，谷主身為人子，豈會不悲痛？還有誰比他更想查明真相？你們如此阻礙他，可是另有圖謀？」

紀雲禾此話一出，眾人皆驚，長老們面面相覷，再無人多言。

且見紀雲禾都如此，他們一時間也沒了主意，沉默了片刻，皆是拂袖而去。

不一會兒，林昊青的房間便只剩下他們二人。

紀雲禾將林昊青的房門關上，再次入了裡屋，搬了個凳子，坐到林昊青書桌對面一笑道：「這麼多年，這口舌倒也沒有白練，還算有點用處，對吧？」

林昊青看著她，紀雲禾如今這神情，恍惚間讓他想起了那個在馭妖谷花海之中暢快大笑的少女。

她會戴著他送她的花環，問他：「昊青哥哥，你看我好不好看？」

林昊青思及過去，神色微微柔軟了些。他應道：「對，這副口舌甚是厲害。不過……」他頓了頓。「護法今日怎生這般好心？」

「不，我並不好心，我幫了你，是想讓你幫我。」她直接開口：「谷主。」

林昊青放下手中的筆，將桌上被墨染開的宣紙揉作一團。「我不可能放了鮫人。妳見過順德公主看鮫人的眼神。」

提到此事，紀雲禾臉上的笑容收斂了。

「放了他，整個馭妖谷都要陪葬。」林昊青抬頭看紀雲禾。「這些人和我雖算不得什麼好人，但我不想死，他們也不該就這般死掉。」

「我沒有讓你直接放了鮫人。」紀雲禾道：「我只是想讓你幫我一個忙。」

「什麼忙？」

「我要你以谷主的名義，命令我送鮫人去京師。」

林昊青眉梢一挑。「妳想做什麼？」

「鮫人固執，他把我當朋友，所以現在便是你放他走，他也不會走。」

「哦？」

「你不信？你見過他初來馭妖谷時的力量。他雖是被你開了尾，妖力有損，但若他拚死一搏，你當真以為他走不掉？」

林昊青沉默。

紀雲禾無奈一笑，搖了搖頭。

「這個鮫人，是不是很蠢？」

「所以，妳又想為這個鮫人做什麼蠢事？」

「我要騙他。」紀雲禾道：「我要騙他說，礙於順德公主的命令，我必須帶他去京師，他不會拒絕。我要帶他離開馭妖谷。」

林昊青眉梢一挑。

「妳帶著他離開馭妖谷，然後想跑掉？妳以為這樣就不會牽連馭妖谷？」

「不。我要你上報朝廷，讓朝廷派人來接鮫人，同時任命我為此次護送鮫人入京的長官。從馭妖谷到京師約莫有一日半的路程，我帶著鮫人離開馭妖谷一日後，入了夜會把鮫人單獨關在一個營帳裡，到時候我要你出谷來，告訴鮫人一些事。」

「什麼事？」

「我要你和他說，我紀雲禾，從遇到他的那一刻開始，所作所為、所行所言，皆有圖謀。我對他好是假，許真心待他是假，我做的所有事都是為了此刻將他運上京師。我還要你告訴他，就算是前日順德公主在牢中的那些舉動，也不過是我在他面前表演的苦肉計。我要你真真切切地騙他。」

紀雲禾越說，神情越是輕鬆。她好像非常得意，自己終於想到了一個完美放走鮫人的辦法。

「這條魚最討厭別人騙他。到時候你打開牢籠，讓他走，然後回到馭妖谷，等順德公主責難，朝廷追責，你就把我供出去。我是護送鮫人入京的人，而陪伴我的是朝廷的人，她的怒火或許會殃及馭妖谷，但該死的人只會有我。」

紀雲禾說完，揚起了一個得意的笑。她說：「怎麼樣？」

林昊青聽罷，臉色卻比方才更加沉凝。

「妳不要命了？」

「林昊青，你找到解藥了嗎？」紀雲禾反問他。

林昊青沉默。

「所以，我的命本來就只剩這一個月了。」她往椅背上一靠，顯得輕鬆自然，甚至有幾分慵懶，好像不是在說自己只有一個月的生命了。她好似是在說——

你看，我馬上就要獲得永遠的自由了。

她也確實是這樣和林昊青說的。

「與其在這馭妖谷中空耗，礙著你的眼，礙著長老們的眼，不如讓我去外面走上一日，得一日自由。到時候便是被挫骨揚灰，我這一生也不算白白來過。」

到時候，林昊青得到了他想要的，長意也可重回大海。

而她……

終於能坦然面對自己的宿命。

第十章　不畏懼

面對紀雲禾的這一番話，林昊青久久未能言語。

他沉默地看著紀雲禾，適時屋外陽光正好，照進屋裡的時候，讓時光有了些偏差，他好似又看到面前這個女子長出了蝴蝶翅膀，她在和他說，我又要出發啦，我這次一定會飛過那片滄海。

固執得讓人發笑，又真摯得讓人熱淚盈眶。

「為什麼？」過了良久，林昊青終於開了口。這三個字好似沒有由頭，讓人無從作答，但紀雲禾很快便回答了他。

「我心疼他。」陽光斜照在紀雲禾身上，將她的眸光抹得有些迷離，她身上彷似同時擁有了尖銳和溫柔。她說：「我最終也未獲得的自由，我希望他能失而復得。如果我的生命還有價值，那我希望用在他身上。」

林昊青微微有些失神地望著紀雲禾。

時隔多年，走到現在，林昊青終於變成了那個只在乎自己的人。

而紀雲禾，卻想要用自己的生命，去換取另一個人的自由。

時光翩躚，命運輪轉，他們到底是在各自的選擇中，變成了不一樣的兩種人。談不上對錯，論不清是非，只是回首一望，徒留一地狼藉，滿目荒涼。

紀雲禾從椅子上站起來，驚醒了恍惚夢一場的林昊青。

「怎麼樣，谷主？」她微微笑著，問他：「便當是我的遺願，看在這麼多年的糾葛份上，送我一程吧。」

林昊青沉默了很久。在馭妖谷暮春的暖陽中，他看著紀雲禾的笑臉，也勾了勾唇角。

「好。」

「多謝。」

沒有再多的言語，紀雲禾俐落地轉身。

「紀雲禾。」

紀雲禾微微側過頭。

「妳打算什麼時候走？」

紀雲禾沉思了片刻後道：「今日你便寫信給朝廷吧，讓他們派人來接我們，算算信件和他們來的時間，三日後就該啟程了。」紀雲禾笑道：「正好，還可以看你坐上厲風堂的谷主之位。」

林昊青垂下頭。

「走吧，我現在便幫妳寫信。」

紀雲禾擺擺手，走入了屋外的陽光之中。

她回了小院，洛錦桑還在院子裡坐著喝茶。紀雲禾告訴她：「錦桑，妳這次回來，真是給我出了一個好主意。」

「什麼？林昊青答應把谷主之位讓給妳啦？妳可以放鮫人走了？」

紀雲禾笑道：「對，三天後，我就可以帶鮫人走了。妳先出谷，到外面去找妳的空明和尚，如果能打聽到雪三月的消息就更好了。妳和他們會合，然後在外面等等我。」

「咦？妳拿到谷主之位，不作谷主，是要帶著鮫人跑路啊？」

「對。」紀雲禾把茶杯和茶壺遞給她。「這套茶具用了這麼多年，我還挺喜歡的，妳先幫我帶出去，自己用著，回頭我來找妳拿。」

洛錦桑一聽，立即應了：「好耶，終於是大業有望了！」

紀雲禾笑著看她，說：「妳快出谷吧。」

「嗯，好。那我先走了，妳大概什麼時候能成事？」

「大概……十天之後吧。」

洛錦桑隱了身，帶著她的茶具，叮叮噹噹走了。待洛錦桑走遠，紀雲禾看了眼已經開始往下沉的夕陽，深吸了口氣，轉身往囚禁長意的牢中而去。

紀雲禾走入牢中時，長意正在自己和自己下棋。

棋盤是她之前和他一起在地牢裡畫的，棋子是她拿來的。她教長意玩了幾局，長意沒有心計，總是下不過她，卻也不生氣，很有耐心，一遍又一遍吸取失敗的教訓，是一個再乖不過的好學生。

紀雲禾走進地牢，長意轉頭看她，眸光沉靜，沒有半分怨氣，似乎這幾日紀雲禾的避而不見根本不存在一樣。

他對紀雲禾道：「我自己與自己對弈了幾局，我進步很大。」

這個學生也絲毫不吝惜誇獎自己。

紀雲禾笑著打開了牢門，走了進去說：「是嗎？那我們一起下一局。」

長意將棋子收回棋盒，將白色的棋盒遞給了紀雲禾。紀雲禾接過，兩人心照不宣，都沒有再提那日順德公主之事，沒有提紀雲禾的狼狽以及她情緒的崩潰。

他們安安靜靜地對弈了一局，這一局棋下完，已是半夜。

長意還是輸了，可他「存活」的時間，卻比之前每一次都久。

「確實進步了。」紀雲禾承認他的實力。

長意看著棋盤，尚且還在沉思。

「這一步走錯了，之後便是步步錯。無力回天。」

紀雲禾靜靜等著他將敗局研究透徹，總結出了自己失敗的原因，然後才看著他，開口道：「長意，我想……請你幫個忙。」

長意抬頭看她，清澈的藍色眼瞳清晰地映著紀雲禾的身影。

而在這樣的目光注視下，縱使紀雲禾來之前已經給自己做了無數的暗示和準備，到了這一刻，她還是遲疑了。

她遲疑著，要不要欺騙他，也猶豫著，自己接下來要說的話，會不會傷害他。

但世間總是如此，難有兩全之法。

「長意。」紀雲禾平靜地看著他的眼睛，聲色沉穩道：「你願意……去京師，侍奉順德公主左右嗎？」

長意靜靜看著紀雲禾，眼神毫不躲避。他回答：「妳希望我去？」

「對，我希望你去。」

長意垂了眼眸，看著地上慘敗的棋局。

地牢石板上刻著的簡陋棋盤上，棋子遍布，他頗有耐心地一顆顆將它們撿回去，白的歸白的，黑的歸黑的，一邊有條有理地撿著，一邊絲毫不亂地答：

「妳希望，我便去。」

紀雲禾早就猜到長意會怎麼回答，而坐在這幽暗牢籠間，聽著這平淡如水的回答，在棋子清脆的撞擊聲中，紀雲禾還是忍不住心尖震顫。

她看著沉默的長意，只覺心間百味雜陳，而所有的洶湧情緒，最終都止於眼中。

「長意。」她嘴角勾了起來。「你真的太溫柔了。」

長意撿了所有的棋子，抬眼看紀雲禾。

「我不願妳再受這人世折磨。」

「多謝你。」

紀雲禾站起了身來，她背過身去，說：「明日，我再來看你。」

她快步走出牢中。腳步一刻也未敢停歇。她一直走，一直走，一直走到了荒涼的花海深處，再無人聲，她才停了下來。

此時此刻星河漫天，她仰頭望著浩渺星空，緊緊咬著牙關，最後抬手，狠狠在自己心頭捶了兩拳，用力到痛得躬起了背。

你不願我再受這人世折磨。

而我更不願你，再於人世浮沉。

所以，抱歉，長意。

同時，也那麼感謝、感激，三生有幸，得見你……

＊

接下來的兩天，紀雲禾在馭妖谷過得還算平靜。

她看著林昊青坐上了馭妖谷谷主的位置。

是日天氣正好，陽光遍灑整個馭妖谷，暮春初夏的暖風徐徐，吹得人有幾分迷醉。

林昊青在尚未修葺完善的厲風堂上，身著一襲黑袍，一步一步走向那厲風堂裡最高之處的座位。厲風堂外的微風吹進殿來，撩動他的衣袍以及額前的頭髮。

他走到了主位前，並沒有立即轉過身來。他在那椅子前站著，靜默了片刻。

一路坎坷，倉皇難堪，叛逆弒父，終於走到了這一步。此時此刻，紀雲禾很難去揣度林昊青心中的念頭與情緒。她只是靜靜地站在她平日裡該站的位置，看著他。

直到身後傳來其他馭妖師細碎討論的聲音，林昊青才轉過身來。衣袍轉動間，他坐了下去。

落座的那刻，紀雲禾率先單膝跪地，頷首行禮道：「谷主萬安。」

身後的馭妖師們討論的聲音便也慢慢靜了下去。他們陸陸續續跪下。

「谷主萬安。」

聲聲行禮之聲，再把一人奉為新主。

「大家不必多禮了。」林昊青抬手，讓眾人起身。

紀雲禾站起來的一瞬，陽光偏差之間，高堂座上的新主彷彿與舊主身影重合。

一樣的位置，一般的血脈，如此相似的目光，看得紀雲禾陡然一個心驚。再回神來，一時之間也不知道自己先前做的事到底是對是錯。而在林昊青目光挪過來時，她只對林昊青報以一個淺淺的微笑。

此後這些馭妖谷的紛爭，甚至偌大人世裡的爭鬥，都再也與她無關。

看罷林昊青的繼位儀式，紀雲禾在馭妖谷裡便徹底沒了事。

她閒逛著把馭妖谷轉了一圈，這些熟悉到厭倦的場景，在得知此後再也看不到的時候，似乎都變得不那麼討厭，甚至有些珍貴起來。

離開馭妖谷的前一夜，她躺在自己的房頂看了一宿的星星，第二天醒來，她覺得昨日的自己似乎思考了很多事，然而又好似什麼都沒來得及想一般。

有些迷茫，有些匆匆。

而時間還是照常流逝。沒有給紀雲禾更多感慨的機會，朝廷來迎接鮫人的將士一大早便等在了馭妖谷的山門外。

紀雲禾去了囚禁長意的牢中，而牢裡早早便有馭妖師推著一個鐵籠子候在牢裡了。

紀雲禾到的時候，馭妖師們正打算給長意戴上厚厚的鐵鍊枷鎖，將他關進籠子。

「不用做這些多餘的事。」

紀雲禾一邊說著，一邊走進了牢裡，將馭妖師手中的鐵鍊拿過來扔在地上。

「籠子也撤了吧，用不著。」

「可是……」馭妖師們很不放心。

紀雲禾笑道：「若是現在他就要跑，那我們還能把他送給順德公主嗎？」

她這般一說，馭妖師們相視一眼，不再相勸。

紀雲禾轉頭對長意伸出了手說：「走吧。」

長意看了一眼紀雲禾的手，即使在此時，也還是開口道：「不合禮數。」是了，他們鮫人一生僅伴一人，他們要給未來的伴侶表示絕對的忠誠，此時的長意不會認可即將要見的順德公主為伴侶，而他認為此後的人生不會再有自由，所以他也不會將紀雲禾當成伴侶。

紀雲禾洞悉他內心的想法，便也沒有強求。她道：「好，走吧。」她轉身，帶著長意離開了地牢。

這應該是長意擁有雙腿之後，第一次用自己的腿走長遠的路。他走得不快，紀雲禾便也陪他慢慢走著。

到了馭妖谷山門口，朝廷來的將士們已經等得極不耐煩。

鐵甲將軍騎在馬上，帶著黑鐵面具，不停拉著馬韁，在馭妖谷門口來回踱步。得見紀雲禾帶著長意出來，他便叱道：「爾等戲妖賤奴，甚是傲慢，誤了押送鮫人的時辰，該當何罪？」

林昊青送紀雲禾來此，聞言，他眉頭一皺。

朝廷之中對大國師府外的馭妖師，甚是瞧不上眼，達官貴人們還給馭妖師取了個極為輕視的名字，叫戲妖奴，道他們是戲弄妖怪，供貴人們享樂的奴僕。

此言甚是刺耳，林昊青待要開口，紀雲禾卻先笑出聲來：「而今離約定的時間尚有一炷香時間，將軍如此急躁，心性不穩，日後上了戰場，怕是要吃大虧啊。」

鐵甲將軍聞言大怒，腰間長劍一拔，一提馬轡，踏到紀雲禾面前，劈手便是一劍砍下。而劍剛至紀雲禾頭頂三寸，整個劍身倏爾被一道無形的力量架住。

紀雲禾身側的長意，藍色的眼瞳盯著鐵甲將軍，眼瞳之中藍光流轉，倏爾光華一閃，鐵甲將軍手中長劍便登時化為一堆齏粉，被山門前的風裹挾著霎時飄遠。

場面一靜，眾人皆有些猝不及防。

以妖力隔空碎物，彰顯著長意妖力的雄厚。

將軍座下的馬倏爾擺著腦袋，往後退去，無論將軍如何提拉轡繩也控制不了戰馬。他越是想驅馬上前，馬越是激烈反抗。

將軍復而大怒，翻身下馬，直接抽了身後另一個將士身上的大刀，一刀揮過，徑直將馬頭砍下。馬頭落地，鮮血噴濺，馭妖谷外霎時變得腥氣四溢。

鐵甲將軍將臉上黑鐵面具摘下，轉頭怒叱：「誰養的戰馬！給本將查出來！腰斬！」待得他面具摘下，紀雲禾才看見，這鐵甲將軍不過一個十六七歲的少年，一身傲氣與戾氣卻厲害得很。

他衝身後的人發完脾氣，轉頭盯住長意。

「你這鮫人，不要以為要去伺候公主便可放肆！本將要不了你的腦袋，也可斷你手腳。」

他的話讓紀雲禾聽得笑了出來。

「這位小將軍，斷他手腳這事，不是你可不可以做，而是你根本做不到。」

小將軍看向紀雲禾，目光狠戾，還待要上前，卻倏爾被身後走上前來的一人抓住。

「少將軍，公主與國師反覆叮囑，路上平安最重要，莫要與這馭妖師生氣了。」

來者穿著一襲淺白的衣裳，頭上繫著白色的綬帶，面如冠玉，竟是……國師府的弟子。

＊

紀雲禾看著面前的國師府弟子，忽然想到，大國師最喜白色，傳說中整個國師府的裝飾以及其門下弟子的裝束，皆以白色為主。

曾有貴人在宮宴中，欲討好大國師。

貴人道：「世外飄逸之人才著白色衣袍。」

而大國師卻冷冷回道：「我著白衣，乃是為天下辦喪。」

貴人當即色變，全場靜默無言。

宮宴之中膽敢談此言論，世間再無二人。

這事傳到民間，更將大國師的地位能力說得神乎其神。

紀雲禾此前沒有見過國師府的人，而今見這弟子白衣白裳，額間還有一抹白色綬帶，看起來確實像在披麻帶孝，給天下辦喪……不過這少年面容卻比那黑甲小將軍看來和善許多。

他攔住了小將軍，又轉頭看了看紀雲禾和長意，道：「順德公主要鮫人永無叛逆，此鮫人心性看來並未完全馴服，如此交給順德公主，若是之後不小心傷了公主，馭妖谷恐怕難辭其咎。」

「我不會傷害人類的公主。」在紀雲禾開口之前，長意便看著國師府弟子道：「但也沒有人可以傷雲禾。」

長意的話說得在場之人皆是一愣。

紀雲禾沒想到及至此時，長意還會這般護她，明明……她要把他送去京師，交給那個順德公主了呀。

「是少將軍唐突了，在下姬成羽，代少將軍道個歉。」國師府弟子向紀雲禾與長意抱拳鞠了一躬。

這倒是出乎紀雲禾與林昊青的意料之外。

都說大國師歷經幾代帝王，威名甚高，國師府弟子們乃是天下雙脈最強的馭妖師，紀雲禾本以為，這樣的國師帶出來的這些弟子，必定囂張跋扈，宛似那少將軍一般，卻沒料到竟還這般講禮數。

「你給這戲妖奴和妖怪道什麼歉！」少將軍在旁邊急著拉他。「本將不許你替我！我才不道歉！」

紀雲禾看著他，轉而露出了一個微笑……

原來這少將軍，還是個小屁孩呢。

姬成羽皺眉道：「朱凌。」他聲色微重，少將軍便渾身一怵。姬成羽轉頭將那少將軍拉到了一邊，似叱了他兩句，再過來時，少將軍朱凌已經自己戴上了黑鐵面具，也不知道在與誰生氣，「哼」了一聲別過頭，不再言語。

「二位。」姬成羽笑道：「前面分別為兩位備了馬車，請吧。」

紀雲禾道：「我與他坐一輛便好。」

姬成羽打量了紀雲禾一眼道：「可。」

而他話音未落，長意也開了口說：「還是分開坐吧。」

紀雲禾心底有些好笑，她知道他在想什麼，無非還是授受不親、不合禮數這般緣由……

姬成羽也點頭道：「也可。」

「怎生這般麻煩。」朱凌轉身離去。「本將的馬沒了頭，跑不了了，來輛馬車，本將要坐。你們坐一輛。」

沒再聽任何人的話，小將軍轉身離去，姬成羽無奈一笑：「那……」

「便這樣吧。」紀雲禾接了話。

紀雲禾與長意一同坐上馬車。到底是皇家派來的馬車，雖沒有順德公主那日來時浮誇，但這車廂內也可謂是金碧輝煌了。

垂簾繡著金絲，車廂四壁、坐墊皆鋪有狐裘，狐裘下似還墊了不少細棉，坐在馬車裡，根本感受不到路途的顛簸。而因夏日將近，這車廂內有些悶熱，車頂還做了勾縫，縫中貼著國師府的符咒，卻並非為擒妖，而是散著陣陣涼風，作納涼用。

紀雲禾打量著那勾縫中的符咒。

灑金的黃紙與雲來山的紫光朱砂。此等朱砂，一兩價比百兩金。

要是在馭妖谷，除非為了降服大妖，這等規格的符咒素日都是不輕易拿出來的，更遑論用來納涼了。

紀雲禾坐到長意對面，笑了笑。

「怎麼了？」雖然不願意與她共坐一輛馬車，但長意還是留心著她。

紀雲禾搖了搖頭，依舊笑著說：「只是覺得這人世間，好多荒唐事。」

好在，這樣的荒唐，對她來說，也快要結束了。

車隊出發，紀雲禾將馬車的垂簾拉了起來，看著外面的景物。走了半日，紀雲禾便靜靜地看了半日，長意也沒有打擾她。到了晌午，車隊停下，尋了官道邊的一處驛站停留。

紀雲禾與長意下了馬車，姬成羽讓他們上驛站二樓用膳，避免樓下車馬來往打擾了他們。

紀雲禾沒有答應，就在一樓找了個角落坐著，看來來往往的人在驛站茶座坐下又離開，每人神情各不相同，打扮也有異有同。紀雲禾什麼都不說，就靜靜看著，連眼睛也沒捨得多眨一下。

「長意。」她看罷了人群，又看著桌上的茶，似在呢喃自語地對鮫人說：「人間真的很荒唐。」

這來來往往的人，都那麼習以為常地在過活，而這對紀雲禾來說，卻是從未體驗過的熱鬧與不平凡。

他們或許也不知道，這人世間還有馭妖谷中那般的荒唐事吧。

「你之前有見過這樣的人世嗎？」

長意搖頭。

「好奇嗎？」

長意看著紀雲禾，見她眼底似有光芒斑駁閃爍，一時間，竟然對紀雲禾的眼睛起了幾分好奇。

他點頭，並不是對這人世感興趣。他對紀雲禾感興趣。

長意也不明白，紀雲禾身上到底有什麼東西在吸引著他，總是讓他好奇、在意，無法不去注意。

「來。」紀雲禾站起來，拉了拉長意的衣袖，長意便也跟著站起來。

紀雲禾和姬成羽打了個招呼：「坐了一天有點悶，我帶他去透透氣。」

姬成羽點點頭道：「好的。」

紀雲禾倒是有點好奇了，她問：「你不怕我帶著他跑了？」

姬成羽還未答話，旁邊的朱凌灌了一口茶，將茶杯放到桌上，道：「大成的國土長滿了大國師的眼睛，誰都跑不了。」

紀雲禾勾唇笑了笑說：「青羽鸞鳥和雪三月就跑了。」

朱凌臉色一變。「妳少和我抬槓！這叛徒與妖怪，遲早有抓到的一天！」

那便是還沒有抓到。

紀雲禾沒有再多言，牽著長意的袖子，帶他從驛站後門出去。

這驛站前方是官道，後院接著一個小院子，院中插著一排籬笆，時間已久，籬笆上長滿青苔，而籬笆外便是蔥蔥郁郁的林間。

適值春末，樹上早沒了花，但嫩芽新綠依舊看得人心情暢快。

紀雲禾邁過籬笆走向林間。

腳步踏上野草叢生處，每行一步，便帶起一股泥土與青草的芬芳。陽光斑駁間，暖風徐徐時，紀雲禾張開雙手，將春末夏初的暖意攬入懷中。

恍惚間，長風忽起，拉動她的髮絲與衣袍，捲帶著樹上的新芽飄過她的眼前眉間，隨後落到長意頰邊。

長意抬手，拿掉臉上的嫩葉。他打量了一下手中的嫩芽，似乎為這鮮活跳躍的綠色感到稀奇。再一抬頭，紀雲禾已然走遠，她快跑到目所能及的林間盡頭。

彷彿就要這樣向未知的遠處跑去，融入翠綠的顏色中，然後永遠消失在陽光斑駁的霧氣林間。

而就在她身影似隱未隱之時，她忽然停住了腳步，一轉身，回過頭，衝他張開雙手，揮舞著道：「長意！」她喚他。「快過來！這裡有座小山！」

她的聲音像是他們海中傳說的深淵精靈一般，誘惑著他，往未知而去。

長意便不可自抑地邁過了腳邊的籬笆，向她而去。

*

穿過林間，紀雲禾站在一個小山坡上，陽光灑遍她全身，她呆呆地看著遠方，隨後轉過頭來，望著山坡下的長意，興奮得像個小孩一樣對著他喊：「長意長意！快來！」

長意從未見過這般生機勃勃的紀雲禾。

在馭妖谷中，或者說在十方陣裡，長意看到的紀雲禾是沉穩的，或許時不時透露一些心中的任性，但她永遠沒有將自己放開。

不似現在，她已經在山坡上蹦了起來。

「你看你看！」她指著遠方。

長意邁上山坡，放眼一望，眼前是一望無際的低矮山丘，綿延起伏不知幾千里，到極遠處，更有巍峨大山，切割長天，聳立雲間，此情此景，讓長意也忍不住微微失神。

山河壯闊，處於這山河長天之下，一切的得失算計彷彿都已不再重要。

紀雲禾失神地望著遼闊天地，唇角微微顫抖著，開口道：

「這天地山河，是不是很美？」也不知是在問他，還是在問自己。

長意轉過頭，看著紀雲禾的側臉。她人靜了下來，可眼瞳卻看著遠方。她的眼瞳與唇角都在微微顫抖，訴說著她內心情緒近乎失控的激動。

她似乎想用這雙眼睛將天地山河都刻進腦中。

長意還是看著她道：「很美。」

「是啊。」紀雲禾道：「我不喜歡這人世，但好像……出奇地喜歡這廣袤山川。」

言罷，紀雲禾像是想起了什麼。她側過頭，對上長意的目光，隨即退了兩步，與長意之間隔著一段距離站著。她打量他。

長意不解：「怎麼了？」

「你也是。」

「也是什麼？」

「好像和這山川一樣，都很讓人喜歡。」

長意一愣，看著紀雲禾笑得微微眯起的眼睛，卻是不知為何忽然感覺自己無法直視她的笑臉。他側過了頭，轉而去看遠方的山、遠方的雲，就是不再看紀雲禾。

但看過了山與雲，還是沒忍住又回過頭來，望向紀雲禾道：「妳這般言詞，休要再說了。」

「為什麼？」

「惹人誤會。」

「誤會什麼？」紀雲禾笑著，不依不饒地問。

而便是她的這份不依不饒，讓長意也直勾勾盯著紀雲禾道：「誤會妳喜歡我。」

「這也算不得是什麼誤會。」

長意又是一愣。

「妳喜歡我？」

「對，喜歡你絕美的臉和性格。」

長意思索了片刻後道：「原來如此，若只是這般喜歡，那確實應該。」

真是自信的鮫人！

紀雲禾失笑，過了好久才緩過來說：「長意，你知道你像什麼嗎？」

長意垂頭，看了看自己說：「像個人。」

從他的立場上來說……他確實沒在反諷。現在的鮫人長意，真的像個人……

紀雲搖搖頭，道：「你像一個故事。人類所期望的所有美好都在你身上，正直又堅韌，溫柔且強大。你像傳說裡美好的故事。」

紀雲禾講到這兒，便停住了。長意等了一會兒，才問：「我像個故事，然後呢？」

正在此時，山坡之下忽然傳來黑甲小將軍的聲音：「哎，走了。」

紀雲禾轉頭往下一望，姬成羽與朱凌都來了，身後還跟著幾個士兵。紀雲禾回頭看長意，說：「走吧。」

長意點點頭，也不再糾葛剛才的話題，邁步走下山坡。

紀雲禾看著長意的背影，跟著幾人一起走下山坡，走過林間，邁過籬笆，再次來到驛站，然後出去。唯獨在坐上馬車之前，她頓了一下，直接越過朱凌與姬成羽道：「下午我換你的馬來騎，可行？」

朱凌拒絕的話還沒說出口，姬成羽已經笑咪咪地點頭道：「可以。」

朱凌非常不開心地說：「你答應她做什麼？」

「馭妖師出谷不易，不過是把坐車換成騎馬，有何不可？」

朱凌撇撇嘴道：「那你來與我坐。」

「不坐。」姬成羽不再搭理朱凌，抬腿便上了長意的馬車。

長意看了紀雲禾一眼，沒有多言，踏上了馬車。

紀雲禾騎上姬成羽的馬，與車隊一行走在官道上。

遠處風光，盡收眼底，過往行人也都好奇地打量他們，紀雲禾便對他們都報以微笑。

她的馬一直跟在長意馬車旁邊，車簾隨風飄動，紀雲禾除了看風景、看路人，也時不時打量幾眼馬車中的狀況。

姬成羽與長意分別坐在馬車兩邊，長意閉目養神，不開口說話，姬成羽似對他還有點好奇，打量許久，還是開口問道：「鮫人生性固執，寧死不屈，這世上能被馴服的鮫人幾乎沒有，這馭妖師到底對你做了什麼，讓你被她馴得這般臣服。」

紀雲禾忍不住投去目光。車簾搖晃間，她只看得見長意安穩放在腿上的手，並不能看見他的表情。

「她沒有馴我，我也並不服從。」

「哦？」姬成羽微微笑道：「那……我這車隊怕是要掉個頭，再去馭妖谷走一趟了。」

「不用，我說過，我不會傷害人類的公主。」

「那你便是臣服了。」

「我只是在保護一個人。」

他不臣服，也不認輸，他只是在一個不屬於他的世界裡，用他能想到最好的辦法，保護她。

紀雲禾垂下眼眸，摸了摸座下的大馬。

「為什麼？你清楚你做的是什麼選擇嗎？」姬成羽繼續問著。

「我清楚。」

而後，便再無對答了。

紀雲禾提了提馬韁，拍馬走到了馬車前方，望著遠方山路，嘴角掛著淺淺的微笑。

到了夜裡。

朱凌做的馬車壞了一個輪子，車隊沒來得及趕到該去的驛站，便臨時在山中紮營。

紀雲禾打量了一下周圍地形，往官道方向望了一眼，心中琢磨。車隊行徑路線還是很清楚的，便是沒到驛站，林昊青應該也還是能找到此處。只是最為保險的方法，應該是她要留下個什麼印記……

她正在琢磨之時，長意走到了紀雲禾身邊問：「妳在看什麼？」

紀雲禾轉頭看了長意一眼，道：「沒事，他們營帳都紮好了嗎？」

「嗯。」

「走吧。」

山間的營帳除了士兵們的，她與長意還有其他兩人的營帳都是分開的，一字排開。朱凌在最左邊，其次是姬成羽的。右邊兩個營帳，紀雲禾思索片刻，選了姬成羽旁邊那個。這樣，就算旁邊營帳有所動靜，她也能看情況應對。

長意自是不會與她爭住哪，乖乖接受了此一安排。他要進去之前，紀雲禾卻倏爾叫住了他。

「長意。」

「嗯？」

紀雲禾看著長意，及至此時，她倏爾起了一些離愁別緒。這一次，或許是她這一生見長意的最後一面了。

她幫長意拉了拉他微微皺起的衣襟。

「衣服皺了。」

「謝謝。」長意又要轉頭，紀雲禾再次叫住他。

「長意。」

長意回頭，望著紀雲禾，兩人在夜間篝火光芒下對視了好一會兒，紀雲禾才笑道：「今天，我覺得我活得很開心，也很自由。」

「因為離開了馭妖谷？」

「也有吧，但我今天忽然發現，自由並不是要走很遠，而是這顆心沒有畏懼。」紀雲禾道：「我今天，活得一點也不畏懼。」

長意望著微笑的紀雲禾，宛如被感染了一般，也微微勾起了唇角。

「嗯，以後妳也會的。」

「對，我會。」紀雲禾抬手，摸了摸長意的頭。「你也會的。」

會自由，會開心，會無所畏懼。

紀雲禾放下手，長意有些不解地看著她說：「我身上沒有地方痛。」

「摸一摸，也會更健康的。」紀雲禾揮了揮手，終於轉身離開。「好眠。」

紀雲禾回了自己的營帳，帳簾落下的那一刻，她看著營帳內毫無人氣的空間，深深吸了口氣。她告訴自己，長意是一個美好的故事。

這樣的美好，該一直延續下去。

而這個故事，還不到完結的時候。

*

深夜，營帳中只聞蟲鳴。

紀雲禾在簡易鋪就的床鋪上靜靜躺著。黑暗之中，她睜著雙眼似在發呆，又似在透過頭頂的營帳仰望外面的漫天星河。

忽然間，旁邊的蟲鳴稍稍弱了一些，紀雲禾心中猜測，道是林昊青找上來了。

她知道，林昊青既然來，便不會不按她說的做，所以旁邊營帳裡發生的事，她不用看，不用聽，卻彷彿已經看在眼裡，聽在耳中。

她有些心疼，甚至感覺自己這樣的做法，對長意來說有些殘忍了。

但，沒有退路了。

夜依舊寧靜。

越是在這樣好像有什麼要發生的安靜夜裡，關於過去的回憶，越是不可控制地在紀雲禾腦中冒出。

那些模模糊糊的小時候，倉皇的、顛沛流離的父母帶著她走過的逃亡路，還有稍微清晰一些的馭妖谷中的日子……例如，林滄瀾第一次給她餵毒的那天。

那並不是個明媚的日子，林滄瀾叫她去了他的房間，未等紀雲禾說一句話，一旁的卿舒便捏開了她的嘴，往她嘴裡丟了一顆藥丸，然後一抬她的下巴，便讓她將藥丸吞了進去。

那時迷茫，她並不知道被餵了什麼，只呆呆看著林滄瀾與卿舒。

他們兩人也極度注意她，房間靜了許久，紀雲禾剛開口想問吃了什麼，卻忽覺心頭傳來一陣絞痛。

這是她第一次感知到毒藥的厲害。她不知道自己做錯了什麼，痛得在地上打滾，林滄瀾和卿舒卻並不關心，只搖頭說著可惜了。

那一夜她在劇痛中度過，她熬了整整一宿，林滄瀾與卿舒一直在旁邊看著她，彷彿是在等待她什麼時候會死去。現下想來，那一夜與今夜，倒也有異曲同工之妙。

只是那時候是身體痛到了極致，而現在，卻是難耐心疼……

後來，卿舒在第二天早上又給她餵了一顆丹藥，她便好了起來。卿舒當時還說，她是第一個。

紀雲禾直至現在也不明白卿舒當時說的第一個是什麼意思，但現在的紀雲禾覺得，這世間能讓她這般心疼的人，長意，約莫也是第一個吧。

旁邊又傳來一聲輕響。

這聲動靜有些大，似驚動了士兵們，外面傳來士兵的聲音。

「鮫人那邊好像有動靜，去看看。」

紀雲禾一掀被子，這才坐了起來。

忽然之間，營帳外倏爾閃過一道透藍的光，緊隨著光芒而來的，是一陣清脆的冰裂之聲。

宛如是冬日湖邊，那冰封的湖面破裂之聲。聲音未落，一道冰錐徑直刺破紀雲禾的營帳，外面火盆裡燃燒的篝火似被突然從地裡長出的冰錐推翻，火盆翻滾，將林間地上的枯木引燃，一時火光大作，將刺入紀雲禾營帳內的冰錐映得光華四射。

紀雲禾還未出營帳，便聽見外面士兵吼了起來。

「鮫人跑了！鮫人跑了！」

外面兵馬混亂的聲音混著朱凌的叱罵與姬成羽冷靜的號令，將這林中的寂靜徹底打破。

而在這慌亂不已之際，紀雲禾卻倏爾笑了出來。那是個在她臉上難得稱得上明媚的笑容。

她想了想，自吞了這毒藥之後，她這一生，開心笑起來的日子還沒有遇見長意這兩個月來得多。

長意走了，不再被她拖累。

可喜可賀。

紀雲禾又重新坐了下去，及至此刻，她方才做到與長意告別時說的那三個字——「不畏懼」。

至少，在長意還在的時候，她尚且畏懼一件事——若是長意不走，那就壞了。

現在，這最後一件事，她也做成了。

這世間，終於再無任何事可以讓她害怕了。

她此念方落，忽然間營帳簾被一人拉起，紀雲禾倏爾心頭一緊，以為是長意又回來找她，但抬頭一看，卻是姬成羽。

姬成羽站在營帳門邊，影子被外面的火光拉長，延伸到了紀雲禾腳下。

他看著紀雲禾，臉上溫和的笑容微微收斂了起來。

「鮫人跑了，妳身為馭妖師，何以安坐於此？」

這個姬成羽，到了現在也沒有大聲喝斥她，看來是很有禮數教養了。

紀雲禾也冷靜地看著他，道：「鮫人妖力高深莫測，他跑了，便沒有人能追得上。」

「妳聲稱已將鮫人馴服，而今鮫人逃走，公主追究下來，妳可知會有何結果？」

紀雲禾想了想，故作愁悶地搖頭嘆息道：「我約莫是沒得救了吧，只是連累你和少將軍受罰了。」

紀雲禾口頭上雖如此說，但她心裡清楚，今日來的這兩人，在國師府與朝廷當中，身分絕不會低，看他二人的行事作風便能推斷個一二。順德公主便是再霸道，國師府和高官武將之子，怕是也不能說殺就殺。

見紀雲禾如此，姬成羽顯然已無話可說。他放下門簾，轉身離去，外面又傳來他沉著命令人的聲音：「一隊人馬隨我來。」

這個姬成羽，看來並不好對付。紀雲禾心頭剛在盤算要不要跟上去時，營帳門簾又被拉開了。

紀雲禾心中嫌棄，這朝廷中人辦事可真囉嗦。但一抬頭，她愣住了。

面前的人，銀色的頭髮披散著，那襲白衣也染了篝火的灰，讓他整個人顯得有些倉皇，而那雙冰藍色的眼瞳，卻一轉未轉地盯著紀雲禾。

外面兵馬的混亂聲已經遠去，唯有篝火將溼潤的樹木燒得劈啪作響的聲音還在。

他還是沒走，還是固執地來找她了。

紀雲禾看著他，將心中所有情緒都按捺住。她現在只能說一句話，除了這句話，別的，都是錯誤的回答——

「我就猜到你會回來，長意。」

營帳外的火光融化了穿進她營帳裡的冰錐，冰錐的光在紀雲禾眼中轉動。

她的笑，帶上了七分虛假。

長意靜靜看著她道：「紀雲禾，我只相信妳的話，所以我來問妳。」

「問什麼？」

「妳從遇見我的那一刻開始，所作所為、所行所言，皆有圖謀？」

紀雲禾收斂了臉上笑意，神色變得森冷。

「誰與你說的？」

長意看到紀雲禾臉上的神色，唇色開始慢慢變白。他聲音微微有些顫抖地道：「妳對我好是假，許真心待我也是假，妳所做的都是為了馴服我，讓我心甘情願去侍奉人類公主？」

紀雲禾走近他道：「長意，告訴我，誰與你說的。」

「是不是？」而他只固執地問著。

紀雲禾沉默。

「是不是……」再開口，他卻逃避了紀雲禾的目光，轉頭看向了別處，不解、不甘還有受傷。

紀雲禾盯著他道：「是。」

長意握緊拳頭，眸中起了渾濁。

「那日人類公主在牢中，鞭妳，迫妳，害妳，也都是假，只是妳演出來的苦肉計？」

「是。」

屋中沉默許久，外面的火燒得越是烈，便襯得這屋內越是刺骨的寒冷。

長意閉上眼。

「紀雲禾。」他極力控制著自己散亂的呼吸。「我……以為妳和別的人類，不一樣。」

這句話，紀雲禾聽出了他強自壓抑著的憤怒、痛苦，還有那麼多的……委屈。

是的，他很委屈。

像一個孩子掏出了最喜歡的玩具，卻只換來對方轉身離開的委屈。

「長意，我和別人是不一樣的。」她看著長意道：「別人沒辦法讓你侍奉順德公主，我可以。」

她要說一句話，刺穿長意的心。

而她做到了。

長意終於再次看向了紀雲禾。

震驚，痛苦，不敢置信。

像是旁邊的冰錐插進了他的胸膛，整個人從頭到尾都涼透了。

他微微踉蹌了一步，在這個時候，他才顯現出，被割開尾巴的雙腿，其實對他來說有多不適應——便是這一踉蹌，就讓他沒站穩身子，抓住了搭營帳的木框方才穩住。

紀雲禾冷冷看著他。

走啊。

她一步步逼近長意。

「你便是我獲得自由的工具。」

走啊。

她伸出手，手掌中凝聚了靈力，似要將長意困住。她說：「你別想跑。」

你怎麼還不走呢……

紀雲禾掌中靈力靠近長意之時，旁邊倏爾傳來朱凌的聲音：「鮫人在這兒！」

紀雲禾心頭一凜，目光陡然狠戾起來，這凝聚靈力的手便再也沒有吝惜力氣，向長意打去。

而長意只是呆愣地看著紀雲禾這充滿殺氣的一掌，愣生生接了下來。他悶哼一聲，直接從營帳內跌出去，狼狽地摔在地上，吐出一口血來。

血與泥汙弄髒了他的衣服與頭髮。長意轉過頭，只見紀雲禾站在營帳外，面色森冷地看著他，而她身後湧來了數十名軍士。

長意牙關緊咬，嚥下口中鮮血，手一揮，地底泥土中倏爾射出無數冰錐，直指軍士們。有的軍士被徑直穿胸而過，有的軍士則被冰錐刺斷了腿。一時之間，林間哀號不斷，鮮血遍地，腥氣沖天。

而便是在這如海浪一般的冰錐中，唯有紀雲禾身前一根冰錐都沒有。

好似在這樣的時刻，他所有的堅硬與狠戾都用了，唯獨還是沒辦法對這一個人尖銳。

（未完待續）

馭鮫記

國家圖書館出版品預行編目資料

駁鮫記 / 九鷺非香作 . -- 初版 . -- 臺北市 : 臺灣角川股份有限公司 , 2021.05
冊 ;　公分

ISBN 978-986-524-394-4(第 1 冊 : 平裝).

857.7　　110003515

Kadokawa Fantastic Novels DX

馭鮫記 壹

（原著名：驭鲛记）

2021年10月14日　初版第1刷發行
2023年3月14日　初版第2刷發行

作　者：九鷺非香
發行人：岩崎剛人
總　監：呂慧君
編　輯：蘇涵
美術設計：吳佳昀
印　務：李明修（主任）、張加恩（主任）、張凱棋
發行所：台灣角川股份有限公司
地　址：104台北市中山區松江路223號3樓
電　話：（02）2515-3000
傳　真：（02）2515-0033
網　址：www.kadokawa.com.tw
劃撥帳戶：台灣角川股份有限公司
劃撥帳號：19487412
法律顧問：有澤法律事務所
製　版：尚騰印刷事業有限公司
ISBN：978-986-524-394-4